KB251084

친구가
사라졌다

친구가 사라졌다

초판 1쇄 발행 2026년 4월 15일

지은이 가네시로 가즈키
옮긴이 양억관
펴낸이 한승수
펴낸곳 문예춘추사

편집 구본영
디자인 이새봄
마케팅 박건원, 김홍주

등록번호 제300-1994-16호
등록일자 1994년 1월 24일
주소 서울특별시 마포구 동교로 27길 53, 309호
전화 02 338 0084
팩스 02 338 0087
메일 moonchusa@naver.com

ISBN 978-89-7604-790-8 03830

친구가 사라졌다
가네시로 가즈키 지음
양억관 옮김
문예춘추사

이 분할된 세계, 둘로 찢어진 세계에는
다른 종의 인간이 살아간다.

- 프란츠 파농

모험에 어울리는 자가 숨겨진 진실의 탐구를 수행한다면,
그것은 저절로 모험담이 된다.

- 레이먼드 챈들러

누군가 어깨를 흔드는 바람에 눈을 떴다.

눈앞에 낯익은 여자의 얼굴이 있었다. 나보다 열두 살은 더 많아 보이는 단정한 얼굴의 여자가 험악한 눈길로 나를 내려다본다. 처음 보았을 때는 그렇게나 상냥한 미소를 머금었었는데. 할 수 없이 소파에서 두 다리를 내리고 윗몸을 일으켜 세웠다.

"벌써 몇 번째야, 이게?"

여자 사서의 바늘 돋은 목소리가 몸의 구석구석을 찌르는 통에 잠이 확 달아난다. 짧은 침묵을 사이에 두고 대답했다.

"다섯 번째?"

여자 사서는 미간에 세로 주름을 바쁘게 접었다 폈다 하며 말했다.

"행간을 읽어야지, 일단 대학생이잖아."

"아직 고등학생일지도."

신용카드를 긁어도 될 만큼 세로 주름이 깊어졌다. 더 이상 말을 꼬다가는 험악한 일이 벌어질지도 몰라 체념하고 최선의 길을 택했다. 출입금지만은 피하고 싶었다. 이곳은 대학 안에서 혼자 있어도 남의 눈에 띄지 않는 유일한 장소니까.

"죄송합니다, 앞으로 조심할게요."

"참고로, 이번이 아홉 번째야. 다음에는 학생증을 압수할 테니까."

여자 사서는 그렇게 말하고 짜증스러운 몸짓으로 발길을 돌렸다. 밑창이 베이컨처럼 두툼한 스니커즈를 신어서인지 발소리는 아주 작게 들렸지만. 도서관의 프로에게 경의를 표하면서 손목시계를 보았다. 아직 오후 2시. 4시까지 잘 생각이었는데.

뇌의 구석구석 아직도 졸음이 달라붙어 있었지만, 베개를 대신했던 디팩을 손에 들고 힘껏 숨을 들이쉰 다음 몸에 반동을 붙여 소파에서 일어섰다.

도서관을 나서자 11월에 어울리지 않는 짙고 강렬한 햇살이 눈을 찔렀다. 뜨겁고 습한 공기가 얼굴을 휘감는다. 앞뜰을 오가는 학생들 대부분이 티셔츠 차림이다. 파카를 벗을까 말까 망설이다가 그냥 앞뜰에 들어섰다.

학생 식당은 에어컨 덕분에 시원했다. 캔 커피를 사서 구석 자리로 갔다. 햇살이 잘 드는 창가 테이블에는 대학 안내 팸플릿에 실어도 어울릴 듯한 남녀 여섯 명 그룹이 앉아 있었다. 식당의 듬성듬성한 무리들 가운데서도 유독 눈길을 끌었다. 그 테이블 곁을 지나치는데 남자 하나가 나를 지긋이 바라본다는 것을 느꼈다. 나와 시선이 마주쳤는데도 눈길을 돌리려 하지 않는다. 기억에 없는 얼굴이라 그냥 지나쳤다.

마음에 드는 창가 자리에 앉아 캔 커피를 한 모금 들이키고 디팩 안에서 책을 꺼냈다. 미국 역사상 두 번째 흑인 복싱 챔피언에 관한 르포이다. 헌책방에서 어쩌다 집어 들었는데 너무 재미있어서 요 며칠 흠뻑 빠져 있다. 수면 부족의 원인이다.

몇 페이지 예열을 하며 읽다가 책의 세계 속으로 푹 빠져들었을 즈음, 그림자 하나가 갑자기 시야의 끝자락을 파고들어 집중력을 흐트러뜨려 놓았다. 가벼운 짜증을 느끼면서 고개를 들었다. 방금 전에 나를 응시했던 그 남자가 엷은 미소를 머금은 채 테이블 옆에 서 있었다. 감색 카디건, 하얀 티셔츠에 청바지, 엷은 갈색 로퍼. 군더더기 없는 차림새에 나긋한 분위기. 불쌍한 외톨이 대학생을 표적으로 삼는 신흥종교 권유자일지도 모른다. 남자는 더 깊은 미소를 띠며 말했다.

"갑자기 미안. ○○고등학교 출신 맞지?"

오랜만에 모교의 이름을 듣고, 손에 든 책을 살짝 내려놓았다. 사내에게 불온한 기운을 느끼진 못했지만, 나의 고등학교 시절이 불순했기에 혹시나 해서였다. 내가 아무런 대답도 하지 않고 가만있는데, 남자는 어떤 바람을 품은 듯한 눈길로 나를 바라보았다. 아주 성가신 눈길이다.

"그게 뭐 어쨌다는 건데."

반사적으로 튀어나온 말은 내가 듣기에도 깜짝 놀랄 만큼 거칠었다. 남자는 살짝 미간을 찌푸리고 "다른 말부터 했어야 했는데, 어디서부터 다시 하면 좋을까"라고 중얼거리며 잠시 생각에 잠겼다.

"나는 유키 다쿠미, 법대 일 학년. 고등학교는 신주쿠히가시."

나의 모교에서 1킬로미터도 채 떨어지지 않은 고등학교이다. 다만 입학성적 차이는 3,000광년 정도는 된다. 물론 내가 다닌 학교가 은하계 반경 안에서도 미개한 원숭이들이 사는 행성에 속한다.

"나, 너랑 동료들이 벌인 최후의 습격을 친구랑 같이 본 적이 있어."

그리 말하고 유키는 나의 반응을 살폈다. 그때의 충동과 열광. 순수하고 가련했던 과거. 내가 아무런 반응을 보이지 않자 유키의 얼굴에서 어렴풋이 초조감이 묻어 나왔다.

"그때 난 2학년이었어. 그날 아주 짧은 순간에 스치듯이 너를 보았지만, 대학 입학 후 강의실에서 한눈에 너라는 것을 알았어. 형법 강의 때 자주 보이던데, 너도 법학부 맞지?”

섭 초 정도의 침묵. 이런 불편한 상황을 견디지 못하고 그냥 가 버리지 않을까 했는데, 유키는 애써 참는 것 같았다.

“앉아도 돼? 잠시 할 이야기가 있는데.”

“미안하지만, 옛날이야기는 하고 싶지 않아.”

“옛날이야기를 하려는 게 아냐. 너와 의논하고 싶은 일이 있어서.”

목소리에는 강한 의지가 배어 있었다.

“내가 왜 누군지도 모르는 사람의 말을 들어 주어야 해?”

유키의 눈빛이 조금 날카로워지는가 싶더니 서서히 슬픈 색조로 바뀌어 갔다.

“하긴, 옳은 말이야. 내 멋대로 마치 옛날부터 잘 아는 사람인 듯 대하고 말았네. 미안, 귀찮게 해서.”

유키는 어깨를 늘어뜨리며 발길을 창가 테이블 쪽으로 돌리는가 싶더니 끝내 걸음을 떼지 않았다. 그리고 잠시 망설이다가 다시 나를 바라보았다.

“너희들은 곤란에 빠진 사람을 그냥 보고 넘기지 않는다고 들었어. 곤경에 빠진 사람을 위해서 몇 번이나 어려운 문제를 해결해 주었다고.”

진지하고 곧은 눈길이었다. 나는 애써 눈길을 피하지 않고 말했다.

"그냥 소문일 뿐이야."

"그랬구나" 하고 맥 빠진 목소리로 대답한 다음 "혹시 괜찮다면 이름 좀 가르쳐 줄 수 없을까? 다른 의도는 없어. 그냥 이름을 알고 싶어서" 하고 유키는 말했다. 나는 대답하지 않았다.

유키는 스윽 눈을 내리깔고 천천히 발길을 돌렸다. 등 전체에 큰 글씨로 쓴 실망이라는 글자가 떠오르는 듯한 느낌이 들었다.

나는 유키의 뒷모습을 향했던 눈길을 다시 책 페이지 쪽으로 돌렸다.

그러나 십 초도 되지 않아 책을 테이블 위에 내려놓았다. 캔 커피를 마셨다. 의자 움직이는 소리가 한꺼번에 들려서 유키 일행이 테이블에서 일어난다는 것을 알 수 있었지만 쳐다보지 않았다.

5분이나 들여 찔끔찔끔 커피 캔을 비웠다.

어느새 손님은 나 하나만 남았다.

의자에 등을 기대고 가볍게 눈을 감았다.

축제의 날들은 이미 끝난 것이다.

2 !!

　오후 4시에 대학을 나와 시나가와 역으로 가서 신칸센을 탔다. 나고야에 도착할 때까지 창밖을 스쳐 가는 검은 경치를 망연히 바라보기만 했다. 책을 이어 볼 기분이 아니었다.

　나고야 역 앞에서 택시를 타고 쇼와구 난산초라는 고급 주택지로 향했다. 목적지에 도착한 것이 6시 55분. 대저택이라 불러 마땅할 집 주위를 어슬렁거리며 5분을 소비했다. 샤넬 운동복 차림을 한 부인의 곁을 따르는 솜털 덩어리 같은 개 옆을 지나치는데 개가 사납게 짖어 댔다. 돈 없어 보이는 인간을 경계하라는 교육을 잘 받았는지도 모른다.

　약속 시간 7시 정각에 인터폰을 눌렀다. 바로 응답이 있어, 용건을 말했다. 곧바로 차고의 자동 셔터가 열리기 시작하여 안으로 들어갔다.

차고 안에는 포르셰 911과 포드 머스탱, 그 앞에 주인이 서 있었다. 녹색 폴로 셔츠 차림에 콧수염을 단정하게 다듬은 40대가량의 남자가 표정 없는 눈길로 나를 스윽 바라보더니 서슴없이 새카만 육식 짐승 같은 포드 머스탱 운전석 문을 열고서는 계기판에 대해 설명하기 시작했다. 나는 서둘러 차에 가까이 다가가 주인의 말에 귀를 기울였다. 설명이 끝난 다음에는 같이 차체를 점검했다. 눈에 띄는 긁힘은 없었다. "왜 운송 업체를 부르지 않지? 역시 그 사람 참 특이해" 하고 주인은 불만스러운 듯이 말하더니, 혹시 모르니까 운전 면허증을 보여 달라고 덧붙였다. 나는 지갑에서 면허증을 꺼내 주인에게 내밀었다. 주인은 내 손에서 면허증을 받아 들고 눈앞으로 가져가 천천히 살펴보면서 "노안은 아니야, 여기가 어두워서" 하고 변명하듯 말했다. 내가 환하게 빛나는 조명들을 바라보자 차 주인은 가볍게 혀를 차고 말했다.

"이거 뭐라고 읽어? 난보?"

"미나가타입니다. 미나가타 구마쿠스의 미나가타입니다."

차 주인은 '뭔데, 그게'라는 표정으로 면허증을 나에게 돌려주고는, 호주머니에서 키를 꺼내 건넸다.

"예비키는 대시 보드에 들어 있어. 원오프 모델이야. 자네가 보상할 만한 그런 차가 아니니까, 조심해서 몰도록 해."

"알겠습니다."

차에 올라타고 키를 돌려 시동을 걸었다. 기어를 1단에 넣고 천천히 그리고 세심하게 클러치를 이어 갔다. 자칫 고장이라도 내서 차 주인한테 잔소리를 듣고 싶지 않다. 바퀴가 구르기 시작하는 순간 부드럽게 액셀을 밟았다. 차는 조용히 차고를 빠져나왔다.

고속도로를 피해 도쿄로 향했다.

잔뜩 웅크리고만 있던 힘을 풀어 주고도 싶었지만, 언젠가 다른 스포츠카를 몰고 고속도로에 올랐을 때 속도 경쟁을 하자고 달려드는 놈 때문에 고생한 적이 있었다. 그 이후로는 국도만 타기로 마음먹고 천천히 달리기로 했다. 애당초 빨리 배달한다고 해서 달리 할 일이 있는 것도 아니다.

날짜가 바뀌기 전에 엔슈나다에 도착했다. 차를 넘겨주기로 한 시각은 아침 8시. 잠깐 여유가 있을 것 같아 차를 어느 역 앞에 세웠다. 가게는 모두 문을 닫은 상태였다. 자판기에서 캔 커피를 뽑아 바닷가 벤치에 앉았다. 해안도로 건너편 바다로 눈길을 던졌지만 어두워서 아무것도 보이지 않았고 파도 소리도 들리지 않았다. 커피를 마시는데 유키의 마지막 얼굴이 떠올랐다. 운전할 때도 앞 유리 저편 어둠에 줄곧 떠올랐던 얼굴이다. 유키는 근본적으로 착각에 빠져 있다. 나는 유키와 마찬가지로 그저 평범한 대학생일 따름이다. 유키가 해결할 수 없는 일이라면 그건 내게도 해결할 길이 없는 문제이다. 무엇보다 예전에 나와 같이했던 믿음직한 동료들은 이미 없다. 예전에는 감미로운 울림을 주었던 '문제적 사건'이라는 말도 지금은 아득한 느낌을 줄 따름이다. 결정적으로, 나는 외톨이다. 커피를 목으로 쏟아붓고 차로 돌아왔다.

국도 1호선을 타고 앞 유리창 너머로 펼쳐지는 어둠을 응시하면서 곧장 북쪽으로 나아갔다. 시즈오카의 후지에다 시로 접어드는 언저리에서 라디오를 켜고 재즈가 흘러나오는 FM 방송국에 채널을 맞췄다. 30분도 안 되어 프로그램이 끝나고 락 명곡이 흘러나오기 시작했다. 밥 딜런의 〈라이크 어 롤링 스톤스〉가 시작되는 순간 라디오를 껐다.

아침 7시에 다마가와를 건너 이별의 아쉬움을 곱씹으며 국도 1호선을 벗어났다. 시나가와, 메구로, 세타가야 구를 가로질러 시부야 구에 들어섰다. 주유소에 들러 연료를 채우고 아침 8시 1분 전에 목적지 요요기우에하라에 도착했다. 고급 주택지에서 고급 주택지로 차를 몰아 온 것이다.

정상적인 벌이로는 결코 손에 넣을 수 없는 3층짜리 최고급 빌라 앞에 차를 세우고, 입구로 가서 자동문 번호판을 이리저리 눌러 의뢰인을 호출했다. "지금 나가"라는 대답을 듣고 차로 돌아왔다.

이 빌라를 처음 방문한 것은 1년 전의 일이었다. 이삿짐 센터 아르바이트를 하던 때, 와카마츠라는 이삿짐 일꾼이 침실에서 수상한 움직임을 보였다. 집주인은 거실에서 물품 배치에 대해 관여하는 중이라 명백히 빈틈을 노린 행동이었다. 그냥 못 본 척할 수도 있었지만, 지금 무얼 하는 거냐고 물었다. 와카마츠는 금방이라도 물어뜯을 듯한 눈길로 나를 노려보더니 "시끄러, 찌그러져 있어" 하고 잔뜩 힘을 넣은 낮은 목소리로 나를 협박했다. 알고 보니 콘센트 커버를 벗겨 내고 거기에 도청기를 설치할 작정이었던 것이다. 나는 십 초도 채 되지 않는 짧은 시간에 재빨리 와카마츠를 제압해서 집주인 앞으로 끌고 갔다. 집주인은 그 고마움을 잊지 않고 나에게 비교적 괜찮은 아르바이트 일을 맡겨 주었다.

목둘레가 낡아서 늘어진 티셔츠에 낡고 헐렁한 바지 차림, 거기다 검정 샌들, 제멋대로 자란 수염에 자다 일어났는지 푸석한 얼굴의 주인공이 문을 열고 나왔다. 마흔 넘은 중년 남자의 너저분한 모습이, 엄숙하고 화사한 빌라의 품위를 압도하면서 멋진 그림을 그려 낸다.

"어땠어?"

아직 잠이 덜 깼는지 조금 잠긴 목소리로 의뢰인은 물었다.

"좋은 차던데요. 지금까지 타 본 것 중에서는 최고였습니다."

그랬구만, 하고 중얼거리며 의뢰인은 눈을 가늘게 뜨고 차체를 바라보았다. 긴 눈썹에 아침 햇살의 알갱이가 달라붙어 반짝인다. 아름다운 옆모습이었다. 자연의 우연한 장난질이건

신의 배려이건 이런 모습으로 태어난다면 주위 사람들이 가만히 내버려두지 않을 테니 어쩔 수 없이 그 방향으로 인생이 정해지고 말 것이다. 야노 토오루, 의뢰인이 배우로 활동할 때 쓰는 이름이다. 본명이 뭔지는 모른다.

"쓸데없는 소리일지도 모르겠는데요."

"뭔데?"

"이건 달리기 위해 태어난 차거든요. 그러니까 저런 데 처박아 두지 말고 마구 달리게 해 주세요. 안 그러면 불쌍하잖아요."

야노는 애매한 미소를 머금으며 "하긴, 마음껏 달리게 해 주고 싶긴 해" 하고 중얼거리듯 말한 다음, 헐렁한 바지 호주머니에서 하얀 봉투를 꺼내 내게 건넸다.

"감사합니다."

"그나저나, 봤어?"

"예."

"어때?"

대히트를 기록 중인 야노 주연의 영화를 말하는 것이다. 베스트셀러 소설을 영화로 만든 것인데, 관객의 지성과 감성을 노골적으로 훼손하기 위해 만든 작품이었다.

"꽤 좋았어요."

야노는 아직도 잠이 묻어나는 눈을 가늘게 뜨고 나를 바라보았다. 설마 진심으로 하는 말이야? 말보다 더 강렬한 표정과 침묵을 더는 견디지 못하고 나는 정직하게 말했다.

"엉망진창이더라고요."

야노는 웃음기를 거두어들이고 "그렇겠지"하고 대답했다.

"솔직히 말해 주는 사람은 너뿐이야."

가능하다면 말하고 싶지 않았다.

야노는 웃음기 없는 얼굴로 내 어깨를 툭 치고는 또 연락하겠다는 말을 남기고 빌라로 들어갔다.

야노의 모습이 빌라 안으로 사라질 때까지 기다렸다가 차에 올라타고 시동을 걸었다.

빌라에서 5분 정도 떨어진 곳에 있는 장례식장으로 향했다. 부지 입구에 낮익은 관리인 아저씨가 서 있었다. 창문을 내린 뒤 왼손을 내밀어 인사를 하고 부지 안으로 들어섰다. 고급 주택지에 위치한 것치고는 꽤 커다란 장례식장이고, 야외 주차장 말고도 본관 지하에는 예비 주차장이 있다. 야노는 그 한구석을 빌려 스포츠카 수집품을 보관한다. 야노가 어떻게 이런 곳을 알아서 빌렸는지는 모른다.

주차장으로 이어지는 슬로프를 다 내려가자 갑자기 어두워졌다. 어둠에 눈이 익을 때까지 천천히 나아가 맨 구석 빈 곳에 차를 세웠다. 차에서 나와 주위에 세워진 아스톤 빌라, 포르쉐,

재규어, 페라리 등을 바라보았다. 한결같이 아름답지만 모두 동화 속의 공주님처럼 잠들어 있다. 왕자님은 키스로 그녀들을 깨울 생각이 없는 듯하다. 한번은, 왜 탈 생각도 없는 차들을 사 모으느냐고 왕자님에게 물어보았더니, 은행에 돈을 재워 두기 싫어서라는 대답이 돌아왔다. 본심이라고는 생각하지 않았지 만 더 캐묻지 않았다.

온기가 남아 있는 머스탱의 보닛에 손을 살짝 올리고 작별을 고한 다음 지상으로 나왔다. 부지를 나오며 관리인 아저씨에게 "수고하십니다" 하고 인사를 건넸다. "정말 멋진 차네" 하고 아저씨는 대답했다.

걸어서 야노의 빌라 앞에 이르러 우편함에 키를 넣은 뒤, 요요기우에하라 역으로 향했다. 전차를 갈아타면서 묘가다니 역에서 내려 고이시가와 식물원 바로 옆의 내 집으로 돌아왔다. 4층 아파트의 맨 위층, 방 두 개짜리 집이다. 집에서 송금도 못 받는 처지에 가당치 않은 물건이지만, 어떤 이유로 인해서 아주 싸게 살고 있다.

방으로 들어서자마자 냉장고에서 생수병을 꺼내 부엌 식탁에 앉았다. 활짝 열어 둔 침실문 저편 창으로 파고든 햇빛이 바닥에 떨어져 내린다. 생수병을 들고 햇살이 잘 드는 침실 베란다로 나갔다. 물을 마시면서 아주 가까이에서 보이는 식물원 녹음을 바라보며 느긋한 시간의 흐름에 몸을 맡겼다. 두 마리

새가 창 가까이 다가와 부드럽게 재잘댄다. 이 풍경과 새가 연주하는 우아한 음악으로도 전 거주자의 자살을 막을 순 없었다. 가늠하기 어려운 고통과 사정이 있었을 것이다.

이전 거주자의 사체가 발견되었던 침실로 돌아왔다. 판때기에 겨우 솜털이 달라붙은 듯한, 침대 같지도 않은 싱글 침대에 걸터앉아 학교에 갈까 어쩔까 생각했지만, 이미 답은 나와 있었다. 새의 재잘거림이 자장가로만 들렸기 때문이다. 생수병을 바닥에 내려놓고 자명종 시계의 알람을 오후 4시에 맞춘 다음 침대에 누웠다. 눈을 감는데 문득 유키의 목소리가 들려왔다. 너희들은 어려운 사람을 그냥 내버려두지 않는다고 들었어. 자꾸만 머릿속을 울리는 그 말이 너무 시끄러워 잠을 잘 형편이 아니었다. 몸을 뒤척이기에도 지쳐 한 시간 정도 버티다가 침대를 빠져나와 옆방으로 갔다. 자칭 서재이긴 하지만 있는 거라곤 여기저기 표면에 금이 간 작은 책상과, 강한 지진이 일어나면 반드시 넘어질 나지막한 책꽂이, 거기에 레코드플레이어가 달린 싸구려 시스템 콤보와 LP 30장뿐이었다.

책상에 놓인 랩톱 컴퓨터에 전원을 넣었다. 오래된 모델이라 가끔 접속 불량을 일으키기도 해서 첫마디 인사도 늦게 나온다. 5분 정도 기다려 이윽고 시스템이 안정된 것을 확인하고 메일을 체크했다. 제로. 전원을 끄고 컴퓨터를 닫았다. 책을 읽으며 시간을 죽일까 하다가 눈꺼풀이 무거워져 레코드를 듣기로 했다. 클리포드 브라운이 현악기 반주를 배경으로 트럼펫을 부는 앨범을 꺼내서 턴테이블에 올렸다. 고등학생 때 늘 가던 재즈 카페의 폐업이 결정되었을 때, 주인이 갖고 싶은 게 있으면 아무거나 가져가라 해서 맨 먼저 이 앨범을 집었다. 일찍 세상을 떠난 친구가 좋아하던 것이라 몇 번이나 같이 들은 적이 있다.

벽에 등을 기대고 허공을 울리다 사라지는 트럼펫 소리에 귀를 기울였다. 두 번째로 텔로니우스 몽크의 솔로 앨범을 듣는 사이에 잠에 빠져들었고, 옆방에서 울리는 알람 소리를 듣고서야 깨어났다. 얼굴을 씻고 운동복으로 갈아입은 뒤, 남은 생수병과 야노에게서 받은 봉투를 디팩에 넣은 다음, 4시 15분에 집을 나섰다.

3 

　나의 애차 크로스바이크를 슥슥 밟아, 가능하다면 가까이 가고 싶지 않은 장소로 향했다. 오후 5시 5분 전에 도야마 공원이 있는 오쿠보 지구에 도착했고, 공원 안으로 들어가 잔디밭을 둘러싸고 있는 벤치 옆에 자전거를 세웠다. 광장 한가운데에는 브라키오사우루스 새끼 정도나 될 법한 은행나무가 있고, 그 뿌리께에 벨로키랍토르만큼 흉포한 두 남자가 앉아 있다. 둘은 똑같은 니르바나 티셔츠를 입고 색이 바랜 청바지를 입었다. 부자 사이만큼 나이 차이가 나는 두 사람은 혈연관계는 아니지만 몹시 닮았다. 얼굴이 아니라, 같은 종족이라는 의미에서.

　은행나무에 다가가자 람보 요시다 씨가 엷은 미소를 머금으며 손을 들었다. "안녕하세요" 인사를 하고 은행나무 뿌리께에 디팩을 내려놓자, 젊은 남자 쪽이 나와 눈길을 마주치려 하지도 않고 자리에서 일어나 천천히 은행나무에서 벗어났다. 나는 스니커즈 끈을 고쳐 매기 위해 잔디밭에 앉았다.

"일본의 가을은 멋져, 정말로."

람보 씨는 눈을 가늘게 뜨고 은행잎 색 하늘을 올려다보았다. 깊이 팬 눈가의 주름이 나이를 웅변했지만, 몸 구석구석 늘어진 데라고는 찾아볼 수 없다. 신주쿠 구의 일용노동자 시장의 대부 같은 존재인 람보 씨를 만난 것은 내가 열여섯이었을 때. 그 이후 무슨 일이 있을 때마다 내게 힘이 되어 주고 있다. 람보 씨는 일본계 2세로 베트남 전쟁에 참전한 경험이 있는 퇴역군인이다. 그것이 람보라는 특별한 이름의 유래인데, 나이가 들면서 철학자의 풍모를 풍기기에 이르러, 교육을 받은 일용노동자들 사이에서는 시인이라 여기는 분위기도 있다.

"빨리 해."

나무 그늘에서 조금 떨어져서 서 있던 젊은 남자가 소리를 높였다. 나는 일어서서 180센티미터 신장에 일류 육상선수 못지않은 몸을 가진 그 남자와 한 걸음 반 거리에 마주하고 섰다. 짧게 고른 노란 수염, 빛의 각도에 따라 색깔이 변하는 회색 눈동자, 높고 굳세면서 살짝 구부러진 콧날, 강한 의지를 드러내는 꼭 다문 입, 하얀 피부를 포함해서 부분 부분을 보면 틀림없는 서양 사람이지만, 전체적으로는 어딘가 모르게 동양의 분위기를 머금었다.

월이 오른손을 뒷주머니로 뻗었다. 나는 이 남자에 대해 아는 것이 거의 없다. 이름은 월, 람보의 측근이면서 특출난 전투 능력을 가졌다는 정도. 나이는 20대 후반. 아마도.

앞으로 드러난 월의 오른손에는 나이프가 들려 있다. 군살이라고는 한 올도 없는 늘씬한 상반신이 스윽 앞으로 기우는가 싶더니, 어느새 월은 내 눈앞에 있었다. 나이프는 나의 왼쪽 경동맥을 노리고 비스듬히 위에서 아래로 그어져 내려왔지만, 이렇게 눈치 채기 쉬운 공격은 아마도 미끼일 것이다. 그걸 마으려 왼손으로 월의 오른손을 쳐내는 순간 나이프는 한순간 궤도를 바꾸어 나의 왼손 아래를 스치듯 파고들어 복부를 일자로 그을 것이 분명하다. 그러므로 두려움을 못 이겨 반사적으로 올라가려는 왼손을 있는 힘을 다해 억누르면서, 칼끝이 닿을 것 같은 아슬아슬한 순간 뒷걸음질을 칠 생각이었지만, 어느새 월의 오른발이 나의 왼발을 밟았고, 내가 그 자리에서 뒤뚱거리는 순간 모든 것이 끝나 버렸다. 나이프는 나의 왼쪽 경동맥 위를 쏜살같이 스쳐 지나갔다. 나는 죽었다. 이것이 트레이닝이 아니었다면. 월이 손에 쥔 그것이 모조 나이프가 아니었다면.

월이 발을 떼자 나는 균형을 잃고 엉덩방아를 찧었다. 월은 표정 없이 나를 내려다본 채 빈틈을 보이지 않고 뒷걸음질로 원래의 자리로 돌아갔다. 이런 식의 죽임을 당하는 데 굴욕을 느낀 것은 훈련을 시작한 그때뿐, 지금은 죽임을 당할 때마다 월의 상상력에 감동하며 즐기기도 한다. 육체의 움직임은 뇌의 창조물이다. 예술이니 뭐니 폼 나는 말을 좋아하지 않지만, 월이 만들어 내는 움직임은 그렇게 불러도 모자람이 없을 듯하다. 월의 전투는 아름답다.

"죽을힘을 다해 살려고 하지 않는구만."

어느새 람보 씨가 곁에 서 있었다.

"그러니까 쉽게 죽고 말지. 그거 아주 부끄러운 일이야."

나는 천천히 일어서서 나이프 날에 쓸려 아린 경동맥 부위에 손바닥을 댔다.

"그렇게 막기만 하면 살아남을 수 없어."

근접격투 교관 출신인 람보 씨는 갑자기 뒷주머니에서 모조 나이프를 빼내 슈슉, 손으로 허공을 그었다. 나이프 날이 경동맥을 감싼 내 손등을 스치며 흘러갔다.

람보 씨는 모조 나이프를 뒷주머니에 되돌려 넣으며 말했다.

"필사적으로 살고자 한다면, 반드시 길을 찾을 수 있어."

나는 경동맥에서 손을 떼고 다시 월과 대치했다.

결국 하늘이 은행잎 색에서 포도색으로 바뀌기까지 두 시간 동안, 나는 월에게 47번 죽임을 당했다. 살아남은 건 고작 세 번뿐이었다. 중간에 공수를 바꾸어 월에게 50번 공격을 가했지만 간신히 두 번 죽일 수 있었다. 고작 두 번임에도 내게 당한 것이 자존심이 상했는지 윌은 훈련이 끝나자마자 언짢은 기색으로 광장을 벗어났다.

"괜찮았어. 아주 좋아졌어."

나무 뿌리께로 돌아와서 람보 씨는 그렇게 칭찬해 주었다. 솔직히 기뻤다. 본격적인 훈련을 시작한 지 2년이 좀 넘었다. 칼질 말고도 도수 격투와 무기 다루는 법을 배웠다. 배우는 이유는 간단하다. 몰입할 수 있는 뭔가가 필요했기 때문이다. 같이 시간을 보낼 친구가 없다. 이렇다 할 취미도 없다. 불규칙적인 아르바이트만으로 시간을 견디기는 너무 힘들었다.

디팩에서 생수를 꺼내는데 윌이 돌아와 람보 씨에게 눈짓을 했다. 람보 씨는 고개를 돌려 잔디밭과 산책로 경계 쪽을 바라보았다. 남자 열 명 정도가 거기 서 있었다. 람보 씨는 남자들을 향해 가볍게 손을 들었다. 어떤 문제를 끌어안은 일용노동자와 홈리스들이 람보 씨에게 도움을 구하러 온 것이다. 람보 씨는 자기에게 도움을 청하는 사람들에게 거의 아무 대가도 받지 않고 문제를 해결해 준다.

그럼 다음에, 하고 람보 씨가 일어서려는 것을 보고 나는 서둘러 디팩 안에서 봉투를 꺼내 건넸다. 10만 엔이나 든 봉투인데 람보 씨는 확인도 하지 않고 뒷주머니에 쑤셔 넣었다. 1년 전 집을 나설 때, 이사 비용이 모자라 곤란에 빠진 나에게 "이거, 이자 없는 다목적용 투자금이야" 하면서 람보 씨는 선뜻 1백만 엔을 빌려주었다. 람보 씨의 호의는 고마웠지만 나에게 그 정도의 투자 가치가 있을 리 없었다. 물론 훈련 비용도 지불하지 않는다.

"새삼 이런 생각이 드는데요."

나는 서두를 깔고 나서 물었다.

"왜 이렇게나 저에게 잘해 주세요?"

나뿐만이 아니라 잔디밭 바깥에서 기다리는 사람들 가운데에도 같은 대답을 듣고 싶은 사람이 있을 것이다. 람보 씨는 조금 당혹스러운 표정을 지었다. 처음 보는 표정이었다. 람보 씨가 망설이는 경우는 거의 없다. 그러는 사이에 살해당하고 말 테니까, 라는 게 이유였다. 람보 씨는 5초 정도 뜸을 들이다가 말했다.

"이유 같은 건 없고, 그냥 본능이야. 도와달라는 목소리가 들리니까 거기에 순순히 따를 뿐이지. 그 목소리를 무시하면 내가 아닌 존재가 되어 버리니까."

람보 씨는, 오케이? 하는 얼굴로 엷은 미소를 머금었고, 나는 "땡큐"라고 대답하며 람보 씨와 헤어졌다. 월은 내 곁을 스쳐 지나가면서 까불지 마, 라는 말을 남겼다. 두 번 죽은 게 몹시 신경에 거슬렸던 것 같다.

돌아갈 때는 지금까지 피했던 길을 따라 공원 바로 곁에 있는 모교 앞을 천천히 달렸다. 차도에서 보니 교실 창은 거의 불이 꺼져 있고, 교내도 고즈넉했다. 본능. 내가 고등학생 시절 가장 중시했던 것.

아릿한 통증을 동반한 감상에 막 젖어 들려는 순간, 교문 건너편에서 천박한 오렌지색 면바지를 입은 사람을 언뜻 본 것 같았다. 안 돼, 튀어! 생각할 겨를도 없이 애차의 스피드를 올려 죽을힘을 다해 학교에서 멀어졌다. 개똥 같은 폭력 체육 선생이 마구 치달려 나를 추격하는 것은 아닌지 몇 번이나 뒤를 확인하면서. 가큐슈인에 이르러 페달 밟는 속도를 늦추자마자 웃음이 터져 나왔다. 무작정 본능에 따른 건 정말 오랜만이었기에.

작은 교차로의 빨간 신호에 걸려 애차를 멈추었다. 오가는 차나 사람도 없고 나 하나만이 누군가의 의도에 따라 지배당하고 있다. 그 대답을 찾지 못해 우물쭈물하는 사이에 세계는 천천히 그리고 확실히 나를 죽일 것이다. 움직여. 망설임 없이 발을 뻗어서 나는 빨간 신호를 지났다.

4 ✦

대강의실 게시판 앞에는 나 하나뿐이었다. 앞으로 10분이면 첫 강의가 시작되는 오전 9시. 늘 땡땡이를 쳐 버리는 민법 강의를 모처럼 들어 볼까 했으나 교수의 사정으로 휴강이었다. 지각하지 않으려고 아침 일찍부터 애차를 열심히 밟은 보람이 사라졌다. 안내문이 언제 나붙었는지는 모르겠지만 휴강 소문은 강력한 역병처럼 학생들 사이에서 쏜살같이 퍼져 나갔을 것이다. 친구는 고사하고 아는 사람이라 불릴 만한 존재조차 없는 나에게 바이러스가 도달할 수는 없다. 〈지구 최후의 남자(나는 전설이다)〉의 기분을 맛보며 아무도 없는 대강의실로 들어가 맨 뒷자리에 앉았다. 디팩 안에서 시간표를 꺼내 3교시에 사회학 수업이 있다는 것을 확인했다. 학점을 따기 쉽다는 소문이 퍼져 수강생이 많았다. 그때까지 교내에서 시간을 죽이기로 했다.

텅 빈 대강당은 독서하기에 최적의 환경이라 읽는 중인 책에 몰입하다 보니 90분이 금방 지나가고, 무정하게도 1교시 종료 차임벨이 울렸다. 다음 강의를 들으러 오는 학생들 사이를 뚫고 도서관으로 이동하여 나의 지정석 같은 그 소파에 기대앉아 남은 부분을 읽었다. 나의 숙적인 미녀 사서가 30분에 한 번 감시를 하러 오는 것을 보고 기대에 어긋나지 않기 위해 자는 척을 할까 하다가 아무런 이익도 없는 행동이라 그만두었다. 3교시가 시작하기 30분 전에 책을 다 읽고, 그냥 멍하니 조 루이스의 생애를 생각하면서 15분을 보내고, 강의실로 돌아갔다.

강의실은 반쯤 찬 상태였다. 맨 뒷자리 문 곁에 서서 학생들을 둘러보는데, 한가운데쯤에 자리를 잡으려는 그 얼굴을 금방 찾아냈다. 그냥 강의가 끝날 즈음에 와서 볼까 하다가, 그가 도중에 강의실을 떠날 가능성도 있을 것 같아 출석하기로 했다. 문에서 가장 가까운 자리에 앉았다. 시작 종이 울리고 3분 후에 교수의 강의가 시작되었다.

기본서를 담담하게 읽어 나가는 최면술 시간 같은 90분을 용케도 졸지 않고 견뎌 냈다. 수업이 끝나고 그 인물이 네 명의 동지들과 함께 자리에서 일어나 뒤쪽 문으로 걸어가기 시작하는 것을 보고 나는 한 걸음 앞서 강의실을 나가 기다렸다. 유키는 강의실에서 나오자마자 나를 발견하고는 반사적으로 미소를 머금었지만, 그 환한 빛은 금방 사그라들었다. 지난번 헤어질 때의 분위기를 생각하면 당연한 반응일 것이다. 유키에게 다가가서 말했다.

"내 이름은 미나가타. 괜찮다면 시간 좀 내 줄 수 있을까."

곁의 네 명이 아무런 표정도 없이 나를 바라본다. 유키는 당혹스러워하면서 말했다.

"미나가타 쿠마쿠스의 그 미나가타?"

"맞아."

유키는 입가에 은근한 미소를 머금더니 동료들에게 "난 조금 있다 갈게" 하고 말했다.

교내 식당으로 옮겨서 각자 캔 커피를 사고 나의 지정석이기도 한 벽 쪽 테이블에 앉았다.

"지난번에는 미안했어."

자리에 앉자마자 내가 말했다.

"나도 모르게 경계하고 말았어."

유키는 캔 커피를 두 손으로 만지작거렸다. 얼굴에는 엷은 미소가 떠올라 있었지만 긴장한 것인지도 모른다. 갑작스럽게 본론으로 들어가지는 않기로 했다.

"새삼스럽기는 하지만, 나도 너랑 같은 법학과 1학년이야."

그제야 마음이 놓이는 듯 유키는 더 깊은 미소를 지으며 입을 열었다.

"사실은 나, 네가 우리 학교 학생이 아니라 어떤 목적을 가지고 캠퍼스에 잠입한 건지도 모른다고 의심했어. 아마 내게서 풍기는 그런 분위기 때문에 네 기분이 상한 게 아닐까 짐작했었어."

유키는 나의 침묵에 어떤 당혹감이 감추어져 있다는 것을 느꼈는지 계속해서 말을 이었다.

"그렇잖아. 너는 고등학생 때 여기서 큰 소동을 일으켰으니까. 소문으로 들었어. 그래서 또 무슨 일을 꾸미는 건 아닌가 하고."

어디서 이야기가 새어 나갔는지 짐작도 할 수 없지만, 소문이란 것이 의외로 정확하다는 것을 알게 되었다.

"어떤 소문이었는데?"

나는 동요를 억누르며 물었다.

"대학 축제 때 잠입해서 실행위원회 본부를 폭파하고 학장을 납치했다고."

"내가 무슨 목적으로 그런 짓을 저지르겠어?"

"대학의 부정을 응징하려고 한 거잖아?"

유키는 조금 혼란스러워하는 것 같았다.

"올해부터 등록금이 내려간 것이 너희들 덕분이라던데, 아냐? 신입생들 사이에서는 꽤 알려져 있어. 들어 본 적 없어?"

소문은 어디까지가 믿을 만한 걸까. 나는 한숨을 내쉬었다. 무엇을 어떻게 말해야 좋을지 몰라 우물쭈물하는데, 유키가 아주 조심스러운 느낌으로 물었다.

"사이에칸에 몰래 잠입해 전교생이 보는 앞에서 전국체전 레슬링 챔피언이랑 붙었다는 거, 그건 진짜 맞지?"

사이에칸 고등학교. 아득한 그리움을 일으키는 단어다. 그리 오랜 과거의 일도 아닌데.

"누가 붙었는데?"

"너잖아."

"결투 이유는?"

"공갈과 폭행 상습범 레슬링 챔피언을 잠재우고 신주쿠 구의 평화를 지키기 위해서."

나도 모르게 터져 나오려는 웃음을 억지로 참았다. 그런 다음에는 긴 한숨을 내쉬고 싶었지만, 그것도 억지로 참았다. 유키는 진지했다.

"물론 나랑 동료들이 몇몇 소동을 일으킨 것은 분명하고, 네가 들은 소문도 부분적으로는 사실이야. 그렇지만 우리를 정의의 사도로 봤다면 완전 착각이야. 우리가 어떤 문제에 관여했던 것은 단순히 재미있었기 때문이야. 마음 한구석에 정의감이 있었던 것은 부정할 수 없다 해도, 그건 나중에 갖다 붙인 그런 거고. 우리를 움직인 것은 그보다 더 수상쩍은 어떤 것이라고 해야 할 거야."

유키의 얼굴에 실망감이 떠오르지 않을까 예상했지만 아무런 변화도 없었다.

"브루스 웨인 같은 인물이 너희들 배후에 있다는 말을 들었는데, 그것도 엉터리?"

이번에는 웃음을 참을 수 없었다. 그렇다면 실상 그 신주쿠 구는 고담 시티이고 우리는 사이드킥인 로빈 같은 존재가 아닌가. 달 밝은 밤에 박쥐 날개가 도청사 위를 스치며 날아간다면 그 얼마나 멋진 일인가.

"이야기로는 재미있지만 그건 말도 안 되는 엉터리. 당시의 우리는 아무런 배후도 없는 그냥 고딩이었고, 지금의 나는 그냥 대학생에다 동료도 없어."

이번에야말로 실망감을 드러내고 심하게 의기소침해져서 자리에서 일어날 줄 알았는데, 유키의 눈빛은 좀처럼 사그라들지 않았다.

"그렇다면 아무런 배후도 없이 그 정도 일을 해낸 거야? 역시 너희들은 대단해."

'그 정도' 일이 어느 정도를 가리키는지 따지고 물었어야 했지만, 내가 아무리 회색으로 물든 사실을 말한다 한들 유키의 긍정으로 가득 찬 뇌 속에서는 오색찬란한 환상으로 바뀌고 말 것이다. 게다가 옛이야기를 하고 싶진 않았다. 젊은 시절의 장난질을 거창하게 떠벌리는 것은 주름진 노인이 된 이후에 해도 충분하다. 그래서 나는 이렇게 말했다.

"그나저나, 의논할 게 있을 테지. 내가 할 만한 일이면 힘을 보탤게."

유키는 눈을 가늘게 뜨며 안도하는 표정을 지었다.

"고마워."

"무슨 일이야?"

유키의 눈에 어느새 짙은 먹구름이 끼더니 긴장한 탓인지 입술을 꼭 다물었다.

"친구가 사라졌어."

"사라졌다는 건?"

"기타자와 유토. 여기 학생이고 경제학과 1학년. 고등학교 동급생이었고 친구야. 학부가 다르기도 해서 입학한 뒤로는 가끔 연락을 주고받는 정도였어."

"언제 사라졌는데?"

"11월 4일부터 갑자기 연락이 끊겼어. 경제학과 다른 친구들도 모습을 보지 못했다고 해."

오늘이 11월 12일.

"그 친구 혼자 살아?"

"본가인 자기 집에서 다녀."

"집에는 물어봤고?"

"지난 금요일에 집에 가 보았어. 저녁나절에 찾아갔었는데 부재중이라 밤늦은 시간에 다시 한번 가 보았지만 마찬가지였어. 연락 좀 달라는 메시지와 전화번호를 우편함에 넣어 두었는데 아직 연락이 없어."

"가족 구성은?"

"셋."

"가족여행이라도 갔을지 모르잖아."

유키는 부정의 의미로 입가를 비틀었다.

"혹시 대학 생활이 싫어져서 어디 틀어박혔을지도. 늦게 찾아온 봄날의 나른함 같은 거."

"있을 수 없는 일이야. 유토는 대학 생활을 즐기는 친구였어. 너무 즐기는 게 아닌지 걱정될 정도로."

목소리에는 분명 혐오감이 배어 있었다.

"사람 속내는 아무도 몰라."

"그렇긴 하지만."

"친구였다는 과거형을 쓴 걸 보면, 지금은 아니라는 거네. 너무 즐기는 것 같았기 때문이야?"

유키는 침묵으로 긍정의 대답을 보냈다.

"둘이 틀어진 이유는?"

"내가 거리를 둔 이유만으로 우리 사이가 틀어진 건 아니야. 유토하고는 알고 지낸 뒤로 단 한 번도 다툰 적이 없어."

“무슨 일이 있었지? 거리를 두자고 한 사건이 있었을 거 아냐?”

유키는 한참이나 망설이더니 입을 열었다.

“이건 아무한테도 말 안 하기로 약속해 줘.”

“알았어. 약속할게.”

“황금연휴가 끝나자마자 캠퍼스에서 우연히 유토와 딱 마주쳤는데, 나를 화장실로 끌고 들어가는 거야.”

5초 정도의 침묵.

“그런데 갑자기 대마초를 건네주었어. 질이 좋은 놈이니까 한번 맛보라고 하면서. 필요 없다고 내쳤더니, 아직도 우등생 가면을 쓰고 사느냐며 바보 취급하듯이 웃는 거야. 충격이었어. 유토에게서 그런 얼굴을 보는 건 처음이었거든.”

“대마는 충격적이지 않았고?”

“물론 충격적이었지만 캠퍼스에 만연해 있다는 건 알았고, 주위에도 해 본 애들이 꽤 있었기 때문에 유토가 그리 나쁜 짓을 한다고는 생각하지 않았으니까.”

강의실과 도서관과 학생 식당, 세 꼭짓점만을 오가는 처지라 교내 분위기를 잘 모르는 게 당연하지만, 대마가 유행이라는 사실은 전혀 몰랐다. 하긴, 알았다고 뭘 어떡하자는 것도 아니지만.

“고등학교 때 유토는 정말 성실하고 얌전한 타입이었어. 그런데 대학에 들어와서 다른 사람이 되어 버린 것 같아."

"불성실하면서 활발해졌다고? 그건 대부분 신입생이 그런 거 아닌가?"

"그런 게 아냐. 고등학교 3년 동안 유토는 늘 내 곁에 있었어. 그래서 난 알 수 있어. 입시에서 해방되어 들떠 지내는 정도가 아니라, 보다 근본적인 뭔가가 달라졌어."

5초 정도의 침묵.

"여자에 대해서도 좋지 않은 소문이 떠돌았어. 동아리 애들한테 마구 손을 댄다고 하기도 하고, 게다가 범죄에 가까운 짓을 한다는 소문도 들었어. 나는 믿지 않지만."

"구체적으로는?"

이번 침묵은 좀 길었다. 유키의 얼굴에 떠오른 갈등은 둘 사이가 진정한 친구라는 것을 증명하는 듯이 보였다.

"약을 섞은 술을 먹이고 강간을 한다고 해."

대마가 당연하다는 듯이 떠돌고, 비열한 범죄가 범죄 같은 짓으로 여겨진다. 대학에서 자치와 무법은 동의어일지도 모른다.

"고등학교 때 유토는 여자애한테 전혀 적극적이지 않았어. 나도 마찬가지였고. 남고라서 그렇기도 했고, 애당초 학교 수업을 따라가기에도 너무 벅차서 한눈을 팔 틈이 없었어."

그러나 기타자와를 모르는 나의 귀에는 이른바 대학 데뷔를 달성한 사내가 자제력을 심하게 잃어버린 정도로만 들렸다.

"경찰에 쫓기고 있는지도 모르잖아. 그래서 행방을 감추었고, 부모도 공공연히 밝힐 수 없으니까 연락을 하지 않는 것이고."

"그렇다면 무슨 소문이라도 들려 왔을 거야. 대학은 생각보다 좁은 사회니까. 그런데 아무 말도 들리지 않아. 혹시나 해서 최근의 신문 기사도 체크해 보았고, 인터넷으로 검색도 해 보았지만 그럴듯한 기사는 찾을 수 없었어."

"친구를 찾아야겠다고 생각한 계기는? 넌 범죄자처럼 되어 버린 친구를 용서할 수 없어 관계를 끊을 생각이었잖아. 그런데 지금은 무슨 영문인지 그를 찾고 있어. 열흘쯤 전에 무슨 일이 있었구나. 그렇지?"

유키는 미간에서 노골적으로 험악한 기운을 내뿜으며 나를 똑바로 바라보았다. 범죄자라는 말의 울림이 너무 무거웠을지도 모른다. 유키는 일단 눈을 내려깔고 잠깐 뜸을 들였다가 다시금 강렬한 눈길로 나를 바라보았다.

"사실은 사라지기 하루 전날 밤, 유토가 갑자기 나를 찾아왔더랬어. 그날은 공휴일이라 난 종일 집에 있었어. 하루 머물게 해 달라고 해서 좀 망설였지만, 취해서 비틀거리기도 했고 심하게 가라앉은 것 같아서 어쩔 수 없이 재워 줬어. 우리 집이었고, 나 말고 다른 가족은 아버지 일 때문에 해외에 나가 있어서

재워 주는 건 아무런 문제도 아니었거든. 유토는 현관에서 신발을 벗다가 엉덩방아를 찧더니 난 안 돼, 이제 끝났어, 하고 몇 번이나 중얼거렸어. 물론 무슨 일이냐고 물어보았지만 대답하지 않았어. 나도 깊이 캐묻지 않았고. 녹초가 되어 버린 유토를 겨우 거실 소파까지 데리고 간 다음 물을 가지러 부엌으로 가는데, 유토가 네 이야기를 하기 시작하는 거야. 너희들의 마지막 습격을 같이 보러 간 친구가 바로 유토였거든. 유토는 네가 여고 정문을 향해 힘껏 치달리는 것을 보고 마치 구원받은 기분이었다고 했어. 당시에는 아무 말이 없었기에 지금에서야 다시 언급하는 게 조금 생뚱맞다는 생각이 들었지만, 그 기분은 잘 알아. 나도 그때 너의 모습을 보고 같은 느낌을 받았으니까. 유토는 네 이야기를 한 다음, 그때로 돌아가고 싶어, 하고 쓸쓸한 어조로 말하더니 피로에 지쳤는지 그대로 잠들었어."

범죄자라는 말을 한 것을 후회했지만 이미 늦었다. 유키는 나의 죄책감에서 비롯한 침묵을 다음 이야기를 재촉하는 것으로 여겼는지 표정을 갈무리하면서 말을 이었다.

"다음 날 아침, 깨어나 보니 유토는 보이지 않았어. 그리고……."

유키는 시간을 들여 나머지 말을 짜냈다.

"찬장 서랍에 넣어 두었던 생활비 13만 엔도 없어졌어."

죄책감이 한순간에 옅어지고 대신 유키에 대한 동정심이 가슴을 가득 메웠다.

"들은 것만으로는 열심히 찾을 만한 가치도 없는 놈인 것 같은데."

범죄자라는 말을 사용하지 않고 진심으로 말했다.

유키는 한동안 망설이다가 말했다.

"대학 생활은 기본적으로 자유롭고 매일이 즐겁긴 하지만, 뭔가가 잘못됐다는 생각이 들 때도 있어. 그렇다고 해서 아무 자유도 없던 학창 시절로 돌아가고 싶지도 않지만, 이대로 즐겁게만 시간을 보내고 나면 그 앞에 멋들어진 뭔가가 기다린다는 생각도 전혀 들지 않고. 그런데 여기서 약물에 젖어 버린 유토를 내팽개친다면 정말로 돌이킬 수 없을 듯한 느낌이 들어. 적당한 말을 찾지 못하겠지만, 알아들을 수 있겠지."

내가 입을 다물고 있자니 유키는 서둘러 말을 덧붙였다.

"물론 유토의 일이 너무 걱정스러워서라는 것을 대전제로 두고 하는 말이야."

유키의 심정이 충분히 전해져 왔다. 그렇지만.

"그 친구, 핸드폰은 있어?"

"응, 사라진 날부터 걱정돼서 몇 번이나 전화를 했지만 받지 않아. 게다가 답신도 없고 해서 더욱더 걱정돼서 공통의 친구들에게 연락해 보고 경제과 필수 과목 강의실을 엿보기도 했지만, 유토의 행방은 알 수 없었어. 이번 주 월요일부터는 전화도 연결되지 않고 집도 텅 비었고 해서 어쩔 줄 몰라 하던 차에, 우리가 앉은 테이블 저쪽에서 네가 걸어오는 걸 본 거야. 그땐 구세주를 만난 기분이었어."

"네 심정은 잘 알겠지만 내가 할 수 있는 건 거의 없어. 그 친구나 부모 모두 계속해서 연락이 닿지 않으면, 그때는 경찰이 나설 차례야."

"돌아가는 상황을 지켜보는 것만으로는 안 되겠다고 생각했어. 감이긴 하지만 유토는 분명 심각한 문제에 맞닥뜨린 것 같아. 아마 부모님도 휘말려 들었을지 모르지. 이대로 느긋하게 내버려두었다가 최악의 사태에 직면할지도 모르는데, 그렇지만 어떻게 해야 할지 도무지 알 수가 없어. 경찰이 나의 직감에 따라 움직여 주리라고는 기대할 수도 없고."

목소리에 비장감이 묻어났다.

"그날 밤 제대로 이야기를 들어 봤어야 했는데, 후회스러워. 유토는 필시 나의 도움이 필요해서 왔을 거야. 그렇지만 나는 아무것도 하지 않았어. 내팽개친 거나 다름없어. 만일 유토에게 불행한 일이라도 일어난다면 난 평생 후회하며 살게 될 거야."

매달리는 듯한 눈길에 무엇에 찔린 듯한 아픔이 일었다. 예전에도 몇 번 이런 눈길을 받은 적이 있다. 그때는 곁에 힘이 되는 동지들이 있어 망설일 틈도 없이 곧장 사태의 한가운데로 뛰어들곤 했다. 그렇지만 지금 나는 혼자다. 뛰어드는 것은 두렵지 않다. 기대에 부응하지 못할까 두려운 것이다. 그렇지만, 움직여.

"알았어. 내 나름의 방법으로 그 친구의 행방을 찾아볼게."

유키는 그제야 마음이 놓이는지 천천히 눈을 깜빡였다.

"그 외에 마음에 걸리는 일은 없어?"

"만일 유토가 어떤 사건에 휘말려 들었다면, 동아리 선배 시다가 거기에 관련되어 있을 거야."

거침없이 대답하는 유키의 목소리에는 노골적인 혐오감이 배어 있었다.

"풀 네임은?"

"시다 아츠시. 경제학과 3학년, ESSC를 이끄는 놈이야. 유명해서 너도 알지 않아?"

전혀 모르는 이름이라 간단한 설명을 들었다.

(E)에이쇼대학 (S)시즌 (S)스포츠 (C)클럽. 교내 최대 회원을 자랑하고, 기본적으로는 스포츠 이벤트 개최를 표방하는 소개팅 동아리인데, 최근에는 음악 페스티벌 등 화려한 학외 이벤트도 주최하면서 돈을 쓸어 담는 단체가 된 듯하다. 그 단체를 주재하는 자가 바로 시다인데, 눈부신 아이디어와 행동력으로 교내에서 카리스마로 인정받는다고 했다.

"사기꾼 같은 놈이야. 유토가 왜 그런 놈을 선망하고 따르는

지 나로서는 도무지 이해할 수 없어. 신자처럼 늘 놈의 곁에 붙어서 학교도 제대로 오지 않았어."

증오라 불러 마땅할 감정이 훅 다가왔다. 친구를 빼앗긴 질투심도 있을 테지만, 그것 외에도 유키의 마음을 뒤흔들어 놓는 어떤 요소가 시다에게 있을 것이다.

"놈 때문에 유토는 나쁜 일에 휘말린 거야. 분명히 그렇다고 생각해."

"시다를 만나러 가 봤어?"

"놈은 거의 학교에 오지 않아. 동아리 사무실에도 몇 번 가 보았지만 없었어."

"집 주소는?"

"같은 동아리 회원들에게 물어보았는데, 아무도 모른대."

일단 시다라는 시발점은 확보한 셈이니 바로 움직이기로 했다. 사무실 위치, 기타자와의 집 주소, 거기에 유키의 핸드폰 번호까지 듣고 막 이야기를 끝내려는데, 유키가 핸드폰에 담긴 사진 한 장을 내게 보여 주었다. 교복 차림의 유키와 기타자와가 나란히 선 사진이었다. 둘 다 엷은 미소를 머금은 채 나를 바라본다. 기타자와는 아이돌처럼 섬세하고 잘 정돈된 얼굴이었고, 어디를 가도 인기가 있을 듯한 타입이었다. 남학생 무리 속에서도 여자 분위기를 풍기는 그런 애였던 것 같았다.

"전화번호 가르쳐 줄 수 있어?"

유키에게 집 전화번호를 알려 준 다음, 핸드폰이 없다는 말을 덧붙였다. 이어서 메일 주소를 알려 달라고 했지만, 없다고 거짓말을 했다.

"이런 걸 물으면 실례인지 모르겠지만."

자리에서 일어나기 전에 유키가 조심스럽게 말을 꺼냈다.

"사례는 어떻게 하면 좋을까?"

"하루 3만 엔이고 경비는 별도. 경비에는 술과 바텐더에게 줄 팁도 포함될 수 있어."

유키의 눈이 조금 커졌다. 알고는 있었지만 아주 순진하고 좋은 녀석이다.

"농담이야. 문제가 해결되면 캔 커피나 하나 사 줘."

동요가 가라앉고 유키의 얼굴이 밝게 빛났다.

학교 식당을 나와 5교시 강의를 들으러 가는 유키와 헤어졌다. 나는 서관으로 향했다.

서관으로 들어가 계단을 내려가서 처음으로 지하 1층에 발을 들였다. 동아리 사무실이 양쪽으로 늘어선 어두컴컴한 복도를 걸어서 막다른 곳 바로 앞 왼편에 있는 12번 방으로 나아가는데, 마침 그 방문이 열리면서 남자 셋이 걸어 나왔다. 그 가운데 둘은 생후 3개월령의 골든리트리버가 들어갈 만한 종이상자를 가슴에 안고 있었다. 빈손인 나머지 남자가 문을 닫고 열쇠를 돌려 잠근 다음 맨 앞에 서서 내 쪽으로 걸어왔다. 나는 복도 벽에 붙은 음악동아리의 베이시스트 모집 포스터를 보는 척하면서 멈춰 섰다. 빈손 남자는 잰걸음으로 슥슥 앞으로 나아갔지만, 짐꾼 역할의 두 사람은 종이상자의 무게에 눌려 거의 비틀거리며 걷는다. 어쩌면 그 속에는 영양 과잉의 세인트버나드 강아지가 틀어박혀 있을지도 모른다. 빈손 남자는 내 곁을 지나칠 즈음에 뒤를 돌아보더니, "너희들 또 혼나고 싶어?" 하며 짜증스러운 목소리로 다그쳤다. 나무란 보람도 없이 짐꾼들의 발걸음은 점점 더 느려졌다. 꼴이 말이 아니다.

ESSC 트리오는 서관을 나서서 중정을 가로질러 동문을 통과한 다음 문 바로 앞에 있는 횡단보도를 건너기 시작했다. 트리오에서 5미터 정도 떨어져서 걷던 나는 일부러 발걸음을 늦춰 횡단보도 바로 앞에서 발길을 멈추었다. 아니나 다를까, 짐꾼들은 신호가 바뀌기 전에 4차선 도로를 다 건너지 못해 건너편에 도착할 때까지 멈춰 선 자동차들의 클랙슨 세례를 흠뻑 받아야 했다. 불쌍하게도.

녹색 신호. 조금씩 걷는 속도를 올려 횡단보도를 건너 인도를 따라 나아가고 있는데, 25미터 정도 앞서가던 트리오가 첫 번째 모퉁이를 돌아들었다. 서두르지 않고 걸어서 같은 모퉁이를 돌며 트리오의 뒤를 밟았다.

동문에서 10분 정도 떨어진 장소가 그들의 목적지였다. FS 빌딩이라는 이름의 4층짜리 임대 오피스 빌딩으로, 일방통행의 좁은 도로 옆에 서 있는 건물이었다. 트리오가 빌딩 안으로 사라지기를 기다렸다가 입구 앞을 천천히 지나갔다. 경비원은 보이지 않았고 자동문도 아니었다. 입구로 돌아와 벽에 붙은 안내판을 체크했다. 아무것도 없는 층이 있었다. 양쪽으로 열리는 입구 문을 열고 안으로 들어가 엘리베이터를 피해 계단을 통해서 3층까지 갔다. 람보 씨가 이르기를, 엘리베이터는 '위험한 우리'라 했다. 트리오의 꼴로 봐서 함정을 파 두었을 가능성은 제로에 가까웠지만, 만일을 위해서이다.

3층 플로어에 들어서니 좌우에 두 개의 방이 있었지만, 트리오가 어느 방에 있는지는 금방 알 수 있었다. 오른쪽 방에서 화난 목소리가 울려 퍼지고 있었다. 빈손 남자가 예상했던 대로 야단을 맞는 것 같았다. 'ESSC Office'라는 간판이 붙은 문 앞에서서 잠시 화난 목소리에 귀를 기울였다. 아무래도 음악 페스티벌용으로 발주한 전단지의 인쇄 상태가 좋지 않아 호되게 야단을 맞는 모양이었다. 종이상자 속에 든 것은 대량의 전단지일 것이다. 쓰레기, 똥통, 돌대가리, 아무짝에도 쓸모없는 자식, 뒈져 버려……. 5분 정도 인내하며 저음의 욕지거리를 들었다. 화를 내고 있는 사람은 자신의 권력을 과시하고 위해, 아니면 스트레스를 풀기 위해, 혹은 단순히 괴롭히기 위해 노한 목소리를 내는 것 같다. 혹은 전부 해당될지도 모른다. 이대로 내버려두었다가는 어느 세월에 끝날지 모르니 저들에게 잠깐 쉬는 시간을 주기로 했다.

똑똑. 바로 목소리가 사라졌다. 무슨 반응이 있을까 해서 귀를 기울여 보았지만 들리지 않았다. 살짝 요란하게 문을 열자 빈손 남자가 눈앞에 나타났다. 불쾌한 얼굴의 예문으로 국어사전에 나올 법한 표정이다.

"뭐야?"

아까 스쳐 지나간 나를 기억하진 못하는 것 같다.

"ESSC에 입회하러 왔는데요."

일부러 말을 천천히 하면서 빈손 남자의 어깨 너머로 실내를 엿보았다. 창가에 놓인 데스크에 두 발을 올리고 떡하니 앉은 남자의 모습이 보였다. 감색 폴로 셔츠에 검정색 면바지, 하얀 스니커즈, 거기에 테 없는 안경. 얼굴 생김새는 품성과 교양을 쏙 빼 버린 아쿠다가와 류노스케 같다.

"엉? 지금이 몇 월이라고 생각해. 입회는 벌써 마감됐어."

"입회 기간이 정해진 줄 몰라서."

테 없는 안경과 눈이 마주쳤다. 어디를 보나 카리스마를 인정할 만한 얼굴은 아니었다. 말 많은 대가 같은 말투를 듣고, 문을 열기 전부터 예상은 했었지만, 아마도 시다의 졸개 중 하나일 것이다.

"그건 그렇다 치고, 여긴 어떻게 알았어?"

"아는 학생한테 들었습니다. 동아리실에는 아무도 없어서 여기로 와 봤습니다."

테 없는 안경이 고개를 돌려 속을 들여다보는 듯이 나를 바라보는 통에 얼른 빈손 남자에게로 눈길을 돌렸다.

"아는 학생이라면 누군데?"

시다가 없다면 달리 볼일도 없다.

“아닙니다. 그럼 됐습니다. 실례했어요.”

“잠깐 기다려.”

발길을 돌리는 순간, 테 없는 안경의 목소리가 울렸다. 어느새 두 발을 내리고 의자에서 일어난 테 없는 안경은, 거침없이 문으로 다가와 빈손의 어깨를 잡아 세차게 밀쳐 버리더니, 나의 상반신에다 눈길을 주었다. 빈손이 비켜 나자 그제야 짐꾼들의 모습이 시야에 들어왔다. 둘은 바닥에 무릎을 꿇고 앉아 고개를 푹 꺾고 있다. 정말로 불쌍하다.

“1학년이야?”

테 없는 안경은 나를 가늠하려는 듯한 눈빛으로 바라보았다. 마음에 들지 않는 눈빛이었지만 일단 장단을 맞춰 주기로 했다.

“예.”

“키는?”

“178입니다.”

“무슨 운동이라도 했어?”

몸짱 계통의 인재를 구하려는 것일지도 모른다. 짐꾼은 이미 있다. 그렇다면.

“복싱을 합니다.”

“뭐라고?”

“고등학교 때 전국체전을 목표로 했습니다. 그렇지만 망막

박리 때문에 지금은 취미로만 조금 합니다."

테 없는 안경은 가만히 나의 눈을 응시했다. 살지 말지 망설여지는 모양이다. 사. 테 없는 안경은 빈손에게로 시선을 돌렸다.

"너희들은 돌아가도 돼."

내뱉지도 않은 빈손의 안도하는 한숨이 내 귀엔 분명히 들렸다. 짐꾼들은 저린 발을 힘들게 움직이며 자리에서 일어나 1초라도 빨리 방에서 빠져나가려는 듯 벽에 손을 짚고 있는 힘을 다해 발걸음을 옮겼다. 테 없는 안경이 짐꾼들을 향해 얼음처럼 차가운 눈길을 던지며 내뱉었다.

"저딴 거 여기 두지 말고 가지고 가."

만일 짐꾼들이 테 없는 안경을 습격하더라도 경찰 조사에서 정당방위라고 증언할 생각이었지만, 애석하게도 아무 일도 일어나지 않았다.

종이상자를 끌어안은 짐꾼들이 족쇄를 찬 노예 같은 발걸음으로 방을 나가자, 테 없는 안경은 나를 안으로 들였다. 방은 15평 정도 넓이로 긴 책상, 접이식 파이프 의자, 2인용 탈의실, 서고, 캐비닛 등이 놓여 있었는데, 오피스라 불리기에 적당한 장비들로 보였다. 테 없는 안경은 데스크로 돌아가더니 의자에 턱 앉았다. 빈약한 몸이 의자 바닥의 반동으로 가볍게 튀어 올랐다. 인체공학적 디자인의 의자가 발휘하는 효과일 것이다. 시대에 걸맞은 목재 테두리 데스크로 보아 하니, 여기는 아마도 테 없는 안경의 권력을 과시하는 장소인 모양이다. ESSC는 분명 자금이 잘 돌아가는 곳이다. 가볍지 않은 임대비를 거침없이 내던지는 걸 보면.

문가에 서 있는 나에게 테 없는 안경이 손짓을 한다. 지시에 따라 데스크 앞에 가서 마주 보고 섰다.

"이름은?"

"야마시다입니다."

"학부는?"

"경제학부입니다."

"출신은?"

"도쿄입니다."

"도쿄 어디?"

"세타가야입니다."

"고등학교는?"

"사이에칸입니다."

"사이에칸이로군. 여기에 몇 있어. 공부 잘하는 것치고는 써먹을 데가 없는 놈들뿐이긴 하지만."

출신지 아니면 출신고, 또는 양쪽에 콤플렉스를 가진 자.

"현역으로?"

"재수했습니다."

테 없는 안경의 입가에 엷은 미소가 떠올랐다. 삼수라고 했으면 만면에 웃음기를 머금었을지도 모른다. 기분이 좋은 틈을 타 조금만 파고들기로 했다.

"이름을 여쭤봐도 되겠습니까?"

테 없는 안경은 미소를 싹 지우고 살짝 미간을 찌푸렸다. 어지간히 주도권을 빼앗기는 게 싫은 듯하다.

"누마구치. 문학부 3학년이야."

"부장님이세요?"

다시 웃음을 보인다.

"아냐, 부부장. 하긴, 자주 착각들 하곤 하지."

열심히 간살이라도 떨면 입이 가벼워져 많은 정보를 얻을 수 있을 테지만, 누마구치가 원하는 것은 아마도 터프한 인재일 것이다. 터프가이가 간살스럽게 말해서는 안 된다.

누마구치가 속이 다 보인다는 듯 눈을 치켜뜨고 나를 보았다.

"자네도 어차피 시다 씨를 바라보고 온 거지?"

누군데 그 사람, 이라는 표정을 지어 보았다.

"그럼 왜 이 시기에 입회하려고 하는 거지?"

"지금까지 아무리 해도 대학 분위기에 잘 젖어 들지 못해 멍하니 지냈는데, 이대로 가다가는 너무 아깝다는 생각이 들었습니다. 그래서 일단 동아리에 들어가 보려고요. 이곳을 선택한 것은 가장 유명하기 때문입니다."

누마구치는 갑자기 허공으로 시선을 옮기고 먼 곳을 바라보며 중얼거렸다.

"나도 대학에 막 들어왔을 때는 그랬어. 깡촌 출신이라 도쿄에 적응을 못해 기숙사에 틀어박혀 지냈지만, 지금은 600명이 소속된 동아리의 부부장이 됐지."

그로부터 15분 동안 그럭저럭 관심을 끌면서 아무것도 아닌 작자의 싸구려 입신출세 이야기에 귀를 기울였다. 말할 것도 없이 터프가이는 참을성이 강하다.

"하긴 뭐니 뭐니 해도 내가 변한 건 시다 씨를 만났기 때문이야. 우리 부장 말이야."

제2장이 시작되었다. 시다에 관해서 조금은 유익한 정보를 얻을 수 있을까 기대했지만, 누마구치의 입에서 나오는 말은 천재, 카리스마, 예언자, 은밀한 노력가, 인정 넘치는 사람 등등 연극 무대에서나 써먹음직한 잡스러운 종이 장식품 같은 말뿐이었다.

"시다 씨는 말이야, 앞으로 확실하게 이 나라를 이끌어 갈 인물이야."

한 시간 정도 신흥종교를 권유받는 듯한 기분을 한껏 맛보았다. 누마구치의 뒤쪽에 있는 유리창이 점차 어두운 분홍색으로 물들어 갔다. 커피를 마시자고 하면 선약이 있다며 도망쳐 버려야지. 터프가이의 참을성에도 한계가 있는 법이다.

"너, 합격."

정신을 딴 데 판 건 아니지만 타이밍을 놓치고 잠깐의 침묵으로 반응하고 말았다.

"어째서요?"

누마구치의 눈길이 날카로워 보인다.

"이상한 표정 짓지 말고 잘 들어 봐. 집중력이 아주 좋아. 사이에칸 출신치고는 괜찮은 것 같은데."

아무래도 지루하게 늘어놓았던 쓸데없는 말들은 테스트였던 모양이다. 테스트에서 통과해 버린 나 자신이 원망스러웠다.

"시다 씨의 보좌를 찾는 중이었어. 어때, 해 보겠어?"

"보좌라면 뭘 하는 겁니까?"

"기본적으로는 보디가드야."

"경호를 붙여야 할 만한 사정이라도 있는 겁니까?"

"만일을 위해서지. 그 사람은 지금 무지하게 주목받고 있거든. 정체도 모를 벌레들이 얼마나 꼬이는지 몰라."

망설이는 척했다.

"너, 왜 대학에 들어왔지? 동아리에 들어가서 여자애랑 놀아 보려고? 아니, 자신을 변화시킬 기회를 만들어 보려고 들어온 거잖아. 그렇다면 오늘 너의 눈앞에 기회가 주어진 거야. 본능에 충실해서 무작정 거머쥐어야지. 이대로 가다가는 정말 하릴없는 대학 생활을 하고 말아. 그리고 하루 종일 시다 씨 곁을 지키는 경우는 거의 없어. 다들 부러워하는 일이지. 사내라면 바로 결단을 내려 봐."

신흥종교 권유에서 다단계로 넘어간 듯하다. 어쨌든 교주를 만날 기회를 놓칠 생각은 없다.

"알겠습니다."

누마구치가 그럼 그렇지, 나의 설득에서 벗어날 수 있을 리가 없지, 라는 미소를 띠며 청바지 호주머니에서 핸드폰을 꺼내 누군가에게 전화를 걸었다.

"여보세요, 보디가드 건인데요. 아주 괜찮은 녀석을 찾았습니다. 네, 네."

보스를 올려다보는 강아지의 눈빛인 걸로 보아 아마도 전화 상대는 시다일 것이다. 갑자기 누마구치가 핸드폰을 귀에서 뗐다.

"어이, 오늘 밤 시간 있어?"

"비었습니다."

누마구치는 다시 핸드폰을 귀에다 대고는, 괜찮습니다, 네, 알겠습니다, 라고 말하고 전화를 끊었다.

"시다 씨를 만나러 가자. 최종면접이랄까."

갑자기 불안이라는 차가운 손이 어깨를 건드렸다. 이야기가 너무 잘 풀려 나간다. 표정에 드러내고 싶지 않았지만, 누마구치는 바로 반응했다.

"안심해. 너라면 괜찮을 거야. 나는 감이 좋거든."

눈치 빠른 건 알겠지만 감이 좋다고는 생각할 수 없었다. 그건 나를 선택한 것만 봐도 알 수 있다. 그런 인간이 보증하는 안심과 괜찮음을 어떻게 받아들이면 좋을까. 그렇지만 지금의 나에게 선택지는 하나뿐이었다.

"마음에 들 수 있게 열심히 하겠습니다."

누마구치는 엷은 미소를 머금은 채 만족스럽다는 듯 크게 고개를 끄덕였다.

결국, 불안이 딱 맞아떨어졌다.

6 !!

오후 7시 40분에 오피스에서 나와 택시를 타고 도라노몬 쪽으로 향했다. 1미터 거리를 이동하는 동안에도 누마구치는 뜨겁게 시다 이야기를 이어 갔다. 이미 두 시간 가까이 듣고 있으려니 귀에 딱지가 앉을 지경이었지만, 시다를 만나기까지는 참을 수밖에 없었다. 머지않아 전 국민이 시다를 알게 될 것이다, 라는 것이 택시 안에서의 1미터 동안 들었던 내용의 요약이다. 시간은 앞으로 5년 정도. 가장 빠른 경우는 중범죄자로 뉴스를 타는 것이리라.

가미야초 역 가까운 일방통행로의 출구에서 내렸다. 나지막한 아파트 몇 채를 지나며 입구를 향해 걸었다. 사람 통행이 없고, 이상하리만치 한적했다. 그중에서도 가장 높은 아파트 앞에서 누마구치가 발걸음을 멈추었다. 넓은 출입구 앞에는 상록

수 식목 사이로 어프로치가 깔려 있었다. 누마구치는 어프로치에 발을 들이밀려고조차 하지 않았다. 마치 길에 선 채로 주인을 기다리는 충견처럼, 일방통행의 입구를 똑바로 바라보고 있었다. 예의범절 훈련이 꽤 잘 되어 있는 것 같았다. 나도 누마구치 곁에 서서 마찬가지로 입구 쪽을 바라보는데, 불현듯 배후에서 어떤 시선이 느껴져 돌아보았다. 대각선 저편 아파트 모퉁이에서 사람 그림자가 움직인 것 같은 느낌이 들었다. 아까 누마구치가 말한 '정체 모를 벌레'일지도 모르니 만일을 위해 체크하러 가 볼까 말까 망설이는데, 갑자기 나타난 헤드라이트 불빛이 길을 가로질렀다. 나는 찜찜한 느낌을 지우지 못한 채 시선을 앞으로 돌렸다. 택시가 천천히 다가와 우리 곁에 멈춰 서더니 뒷문이 열렸다. 먼저 노슬립에 길이가 짧은 데님 원피스를 입고 갈색 웨스턴 부츠를 신은 짧은 머리 젊은 여자가 눈을 내리깐 채 내렸다. 주먹밥 아니면 하트 문양을 본뜬 삼각형 핸드백을 들었다. 이목구비가 뚜렷하고 시원스러우면서 스타일이 좋아 언뜻 보기에도 일반인은 아닐 것 같았다. 젊은 여자는 나와 누마구치에게 눈길 한 번 주지 않고 어프로치까지 나아가 등을 보인 채 발길을 멈추었다. 의식적으로 얼굴을 드러내고 싶지 않아 하는 것 같다. 내가 모를 뿐이지 실은 꽤 이름을 알린 모델이나 탤런트일지도 모른다.

"수고하셨습니다."

누마구치가 그렇게 말하며 고개를 조아리는 것과, 핸드폰을 든 시다가 택시에서 땅바닥에 발을 내려놓는 것은 거의 동시에 이루어졌다. 검정 보틀넥 스웨터와 청바지, 거기에 하얀 스니커즈 조합의 시다는 누마구치를 무시하며 서슴없이 내 앞으로 다가와 바로 코앞에 섰다. 나보다 15센티미터 정도 키가 작고 몸도 왜소했다. 나를 지긋이 바라보는 좁쌀 같은 눈에는 매우 평온한 색채가 떠올라 있었다. 어딘지 모르게 그리움을 불러일으키는 눈길이었다. 젊은 나이에 세상을 떠난 내 친구의 눈을 닮았다.

택시가 일방통행의 출구 쪽으로 움직이자 시다가 입술 끝에 희미한 미소를 띠며 말했다.

"자네가 무대의 대미를 장식할 역할인가?"

의미를 몰라 입을 다문 채 눈길을 똑바로 받자 시다가 말을 이었다.

"뭔가 노리는 게 있지?"

일부러 대답하지 않았다. 시다가 그냥 단순한 돈놀이 오야붕이 아니라는 것을 바로 알 수 있었다. 그렇다면 이 자리를 모면하기 위해서 거짓말을 한다는 것은 아무 의미가 없다. 차라리 타이밍을 봐서 해야 할 일을 하면 되는 것이다.

"자네 같이 쌓고 또 쌓은 자가 우리한테 올 리 없지."

쌓고 또 쌓은 자라니? 무슨 뜻인지 묻고 싶은 충동이 일었지만 꾹 눌러 참았다. 지금은 이놈의 페이스에 말려들지 않는 것이 좋다는 생각을 하고 있는데, 스윽 하고 시다의 얼굴이 가까이 다가온 느낌이 들었다. 외등의 희미한 불빛 아래서 원근감이 흐려진 게 아니다. 시다의 눈길이 독특했기 때문이었다. 카리스마라 불릴 만한 것이 있는 듯하다. 이런 골치 아픈 놈을 대처하는 방법은 하나뿐이다. 단도직입.

"당신에게 묻고 싶은 게 있어서."

당황하는 누마구치의 모습이 시야의 한구석에 어른거린다. 시다의 웃음이 더 깊어졌다. 시선을 내 눈에서 결코 떼려 하지 않았다.

"알았어. 난폭한 장면은 별로 좋아하지 않으니 방으로 올라가서 평화롭게 이야기하자고."

내가 생각해 두었던 최후의 수단마저도 꿰뚫어 본 것 같았다. 말이 잘 통해서 망정이지 아니었다면 피가 말랐을 것이다. 이렇게 머리가 잘 돌아가는 놈이 간단히 속내를 드러낼 리 없다. 시다는 고개를 돌려 누마구치를 바라보았다.

"넌 나중에 설교할 테니까. 이런 골치 아픈 놈을 데리고 오다니."

누마구치의 얼굴에 짙은 구름이 깔렸다. 조만간 소나기를 맞을 게 분명하다. 시다는 내 쪽은 돌아보지도 않고 그대로 어프로치로 걸음을 옮겼다. 내가 그 뒤를 따르자 누마구치도 서둘러 곁에 서서 발을 맞췄다.

차악. 차악.

그 소리가 등 뒤에서 울린 것은 시다가 젊은 여자와 막 합류한 순간이었다. 시다 일당에게는 단순한 잡음으로 들렸을지 모르지만 난 다르다. 람보 씨의 무기술 훈련에서 두 번이나 그걸 피하지 못해 호된 아픔을 맛보아야 했다. 한 번은 가벼운 뇌진탕을 일으켰고, 또 한 번은 두 팔에 남은 타박상 흔적이 2주 동안이나 사라지지 않았다. 그랬기에 나의 겁먹은 반사신경은 큰 소리로 이렇게 명령했다. 즉각 뒤를 돌아서 막아!

반응이 1초만 더 늦었어도 그것이 내 측두부 아니면 경동맥을 후려쳐 분명 그 자리에서 졸도하고 말았을 것이다. 과장이 아니다. 그 증거로 뒤를 돌아보지도 않고 방어도 하지 않았던 누마구치는 관자놀이 언저리를 맞고 바로 의식을 잃고서는 푸드득 소리를 내며 상록수 아래로 처박혔다. 내가 무사했던 건 몸을 돌리다가 휘잉 - 바람을 가르는 소리를 감지하고 곧장 몸을 숙였기 때문이다. 불과 0.5초 전까지 내 머리가 있던 곳을 무기가 빠른 속도로 지나가자, 허공을 치고 만 습격범은 발이 꼬여 뒤뚱거렸다. 미치광이이거나 엄청난 각오를 굳힌 사람이 아니라면 이처럼 단 한 점의 망설임도 없이 무기를 휘두를 순 없다. 습격자가 어느 쪽인지는 모르겠지만 상식에서 벗어난 놈인 것만은 분명하다. 등줄기에 전류 같은 것이 흘러가고 온몸이 잘게 떨렸다. 위험해. 즐거워.

왼쪽 어깨에 걸쳤던 디팩을 관목 쪽으로 던져 버리고 몸의 방향을 조정한 다음, 나를 습격한 놈과 1미터 정도 거리를 두고 대치했다. 누마구치를 습격한 또 다른 놈은 동료의 뒤편 비스듬한 위치에 서 있었다. 둘 다 나보다 10센티미터 정도 키가 작고, 검정 후드가 달린 아디다스 저지 상하의와 검정 스니커즈, 눈 위로 푹 눌러 쓴 검정 캡모자 차림이라 얼굴이 잘 보이지 않는다. 두 사람 모두 오른손엔 길이 50센티미터 길이의 검은 입출식 특수봉이 들려 있었는데, 내 시선은 흉포한 그 무기가 아니라 두 사람의 가슴께로 쏠렸다.

"뭐야, 여자였어."

시다의 즐거워하는 소리가 내 뒷전에서 들려왔다. 시다에게는 이 순간이 건물 안으로 피해 들어갈 찬스였지만, 호기심에 떠밀려 도무지 그러고 싶지 않은 모양이다.

시다의 말을 조롱으로 여겼는지 누마구치를 습격한 여자가 살기를 띠고 반걸음 앞으로 내디뎠다. 불꽃이 이글거리는 눈이 모자의 챙 아래에서 희미하게 번득였다. 가능하면 조용히 정리하고 싶었지만 당장에라도 먹잇감을 향해 달려들 듯한 야수를 잠재우는 방법은 하나뿐이었다.

"어이."

습격자들의 시선을 내 쪽으로 이끌면서 간발의 틈을 두지 않고 한 걸음 내딛자, 나를 습격했던 여자가 특수경봉을 세리나 윌리엄스의 포핸드처럼 휘둘렀다. 적절한 반응이었지만 나는 재빨리 윗몸을 뒤로 젖혔다. 얼굴 앞으로 바람처럼 특수경봉이 스쳐 지나가자마자 윗몸을 앞으로 되돌리는 반동을 이용하여 순간적으로 튀어올라 나를 습격한 여자의 어깨에 힘껏 몸을 부딪쳤다. 나를 습격한 여자는 그 자리에서 균형을 잃은 채, 누마구치를 습격한 여자와 부딪힌 다음, 땅바닥에 쓰러졌다. 누마구치를 습격한 여자는 그 충격으로 비틀거리다가 넘어지려는 몸을 겨우 추스렸다. 나는 그 틈을 누리고 빠른 스텝을 밟으며 누마구치를 습격한 여자의 배후에서 왼팔로 여자의 목을 감고 오른팔로 조이기 시작했다. 여자가 취해야 할 최선의 수법은 특수경봉을 놓고 두 손으로 방어에 들어가는 것인데, 본디 사람이란 한번 손에 쥔 무기를 쉽사리 던져 버릴 수 없는 존재다. 여자는 공포에 사로잡혀 특수경봉을 든 채 격렬하게 저항했다. 모자가 벗겨져 땅바닥에 떨어졌다. 여자의 짧은 머리카락 끝부분이 내 볼을 스칠 때마다 얼굴을 드러내게 만든 미안함을 겨우 억누르면서도 팔의 힘을 풀지 않았다. 5초 정도가 지나자 여자의 몸에서 힘이 빠져나가기 시작해서 서둘러 팔을 풀었다. 여자는 바로 땅바닥에 주저앉아 간신히 의식을 유지하면서 격하게 숨을 몰아쉬었다. 경동맥 압박으로 실신하는 것은 뇌에 그리 좋지 않기에 적당한 타이밍에 잘 풀어 준 셈이다. 고통과 두려움 때문에 당장 전투 모드를 취할 수는 없을 것이다.

그리고 다른 한 사람, 나를 습격한 여자는 바닥에 주저앉은 채 멍한 표정으로 나를 올려다보고 있다. 외등이 마치 스포트라이트처럼 그녀의 얼굴을 비추었다. 아름답고 길다란 눈매였다.

"난 이놈들 편이 아니야."

더는 폭력을 휘두르고 싶지 않아 노파심으로 말했다.

"굳이 말하자면 마땅히 너희들 편이야. 내 볼일을 먼저 끝내고 난 다음 저놈들을 넘겨줄 테니까, 잠시 얌전하게 있어 주면 좋겠어."

등 뒤에서 시다의 웃음소리가 들렸다. 나를 습격한 여자의 입술이 굳게 닫히며 강고한 의지를 드러냈다. 그래, 그것이 정답이다. 상식에서 벗어난 인간이라면 그리 간단히 포기해서는 안 된다. 여자가 천천히 일어서면서 특수경봉을 허리 높이로 내렸다. 시다가 즐거운 듯 말했다.

"너희들, 단단히 돌았구만."

너도 마찬가지잖아.

갑자기 특수경봉의 끝이 불쑥 눈앞에 나타났다. 공격에 변화를 주는 건 나쁘지 않았지만 쉽게 읽어 낼 수 있는 산수 문제였다. 왼손을 비스듬히 아래에서 위로 움직여 경봉을 밀쳐 내면서 앞으로 나아가 여자의 가슴에 몸을 들이밈과 동시에 오른손 손바닥으로 목젖을 쳤다. 무릎으로 얼굴을 쳐 버리면 간단히 전의를 잃게 할 수 있지만 여자의 얼굴에 상처를 입히고 싶지 않았다. 갑자기 기도가 막힌 여자는 비명에 가까운 소리를 내지르면서 있는 힘을 다해 숨을 들이쉬었다. 얼마나 고통스러운지 나는 잘 안다. 월 놈에게 몇 번이나 그렇게 당했던가. 이어서 고통스러워하는 여자의 모자 챙을 잡고 아래로 내려 시야를 막은 다음, 재빨리 뒤로 돌아들어 후드의 끝을 잡고 땅바닥을 향해 단숨에 아래로 끌어내렸다. 여자는 후드에 이끌려 하릴없이 땅바닥에 엉덩방아를 찧었다. 꼬리뼈가 바닥에 부딪히자 쿵, 하고 큰 소리가 울렸다. 여자가 고통에 찬 신음을 내면서 땅바닥에 뒹굴자 모자가 벗겨져 얼굴이 완전히 드러났다. 아주 짧은 숏컷에 앞머리가 이마를 사분의 일 정도 가린 상태였다. 패션일까, 아니면 전투에 특화하여 머리카락이 눈을 찌르지 않게 한 것일까. 아마도 후자일 것이다. 얌전해진 두 여자의 얼굴을 새삼 확인해 보니 생각보다 어리다는 것을 알 수 있었다. 나랑 비슷한 나이 또는 연하일지도 모른다.

"지금 너희들 솜씨로는 나를 이길 수 없어. 더 이상 무의미한 짓은 그만둬."

두 여자가 나를 응시했다. 아직도 눈에는 불꽃이 이글거린다.

"약속할게. 내 일이 끝나면 저놈들을 넘겨주지. 그런 다음에 어떻게든 해 봐."

누마구치를 습격했던 여자가 대답을 구하려는 듯 나를 공격한 여자를 바라보았다. 나를 공격한 여자는 나에게서 시선을 떼지 않은 채 천천히 윗몸을 일으켰다.

"내 제안을 받아들인다면 모자를 써."

나를 공격한 여자는 짧은 망설임 끝에 누마구치를 공격한 여자와 눈을 마주치더니, 곧 모자를 집어 들어 머리에 썼다. 누마구치를 공격한 여자도 거기에 따랐다.

"고마워."

나는 화단에 처박힌 누마구치를 끌어낸 다음 손가락을 코에 대 보았다. 숨을 쉰다.

"죽었어?"

여전히 즐거운 듯한 목소리 쪽을 바라보았다. 순수한 호기심에 이끌려 눈을 반짝이는 시다와, 그 곁에서 지겹다는 표정을 짓는 젊은 여자.

"애석하게도, 기절했을 뿐이야. 당신 방으로 옮길 테니 도와줘."

"정말?"

"그럼."

시다는 얼굴을 찌푸리며 혀를 차더니 젊은 여자를 향해 말했다.

"오늘은 돌아가."

젊은 여자는 싫지 않은 표정으로 순순히 응했다.

"택시비."

시다는 덤덤한 태도로 청바지 뒷주머니에서 긴 지갑을 꺼내 젊은 여자에게 건네주었다.

"다음엔 해치워 줘, 저 자식."

젊은 여자는 특수경봉을 접는 습격자들 곁을 지나치면서 그렇게 말하고는 가 버렸다. 나와 시다는 누마구치를 끌어올려 양 겨드랑이를 끼고 아파트 안으로 들어갔다. 습격자들은 우리 뒤를 따랐다.

"몇 호?"

나와 시다와 누마구치가 엘리베이터에 오르자 나를 공격했던 여자가 물었다. 나는 '열림' 버튼을 누르면서 시다를 쳐다보고 대답을 재촉했다.

"901."

습격자들은 엘리베이터 앞을 벗어나 시야에서 사라졌다.

"어쩌자는 거야, 저 애들."

"계단을 타고 오겠지."

'열림' 버튼에서 손가락을 떼고 '9'를 눌렀다.

"좁은 공간에서 같은 공기로 숨을 쉬고 싶지 않은 거야. 너무 싫은 모양이야, 당신이."

"레즈비언일 거야, 아마도."

시다는 쓴웃음을 머금었다.

두 여자의 습격 동기의 일단을 엿본 듯한 느낌이 들었다.

엘리베이터 문이 닫혔다.

벼락부자의 천박한 방을 상상했지만, 아니었다. 내 방 전체가 그냥 다 들어갈 정도로 넓은 거실에서 눈에 띄는 거라곤 4인용 코너 소파와 낮은 테이블, 작은 텔레비전, 작은 스테레오 콤보 정도로, 하나 같이 개성 없고 평범했다. 다만 낮은 테이블 위에 휑하니 놓인 낡은 랩톱만은 강렬한 존재감을 내뿜었다.

"아주 화려한 방으로 상상했을 테지."

누마구치를 소파에 눕힌 다음 시다는 오토만에 걸터앉아 옅은 웃음을 머금으며 말했다. 나는 대답 없이 소파에서 조금 떨어진 곳으로 조용히 이동했다. 이 남자에게는 가능한 한 빈틈을 보이지 않는 편이 좋다.

난폭하게 문 여는 소리가 울리고 이어서 습격자들이 거실에 나타났다. 오른손에는 짧아진 특수경봉이 들려 있다. 손에 잔뜩 힘이 들어가 있는 것을 알 수 있었다. 굴욕과 분노로 폭발 직전일 것이다. 부디 쓸데없는 말로 자극하지 말아 줘, 라고 생각하고 있는데 불과 0.5초가 지나자마자 시다가 습격자들에게 쓴웃음을 지어 보였다.

"너희들은 예의가 없군. 집에 들어갈 때는 신발을 벗어야 한다는 거 부모님께 안 배웠나?"

습격자들의 발로 눈길을 돌렸다. 스니커즈를 신은 채였다.

"그나저나, 그동안 내 부하들을 연이어 습격한 게 너희들이야?"

습격자들은 입을 굳게 다문 채였다.

"그래서는 좋은 데 시집을 못 가지. 언뜻 보기에도 못생기지 않았는데, 내가 얌전하고 멋들어진 암컷으로 만들어 줄까?"

습격자들이 앞으로 발을 내밀기 직전에 내가 목소리에 힘을 주어 말했다.

"아까 말했잖아. 내 볼일이 끝나면 아무렇게나 해도 좋다고. 지금은 얌전하게 있어 줘."

나와 습격자들의 시선이 부딪쳤다. 똑바로 쳐다보다가는 각막에 화상을 입을 듯한 눈빛이었지만, 시선을 피하지 않았다. 5초 정도 지나자 습격자들의 어깨에서 힘이 빠져나가는 것 같아, 따가운 눈길을 시다에게로 돌렸다. 시다는 어느새 랩톱을 두 손으로 잡은 채 방패처럼 가슴 위로 들어 올리고 우스꽝스러운 표정을 짓고 있었다. 랩톱 상판에는 오른손에 대퇴골을 든 원시인 그림자 문양 스티커가 붙어 있었다.

"와, 무서워라. 죽는 줄 알았네."

"마음 놓지 마. 아직 가능성은 있으니까."

시다는 살짝 얼굴을 찌푸리더니 랩톱을 도로 테이블에 되돌려 놓았다.

"그런데, 네 용건은?"

"사람을 찾는 중이야. 기타자와 유토. 그대가 사랑하는 후배 야."

시다는 미간에 엷게 주름을 잡으며 처음으로 생각에 잠긴 표정을 지었다.

"누군데, 그게. 애당초 내가 사랑하는 후배 같은 건 없거든."

젠장. 하나같이 사람 짜증만 돋우네.

"이 애들하고 먼저 용건을 보게 해 줄까?"

시다는 입술 끝을 스윽 들어 올리며 비웃는 듯하더니 두 손을 들어 항복 포즈를 취했다.

"사실은 나도 마음에 걸렸어."

시다는 두 손을 내리고 말을 이었다.

"그러고 보니 요즘 모습이 안 보였거든. 어디론가 사라진 모양이지."

"짐작 가는 건?"

"무슨?"

"사랑하는 후배가 사라진 이유 말이야."

희미한 노기가 시다의 눈길에 떠올랐다.

"만일 내게 사랑하는 후배가 있고, 그가 사라진 이유에 짐작 가는 데가 있었다면, 너 따위가 끼어들 여지도 없었을 거야."

시다는 그렇게 말하고 노기를 싹 거두더니 이번에는 엷은 미소를 떠올렸다.

"하긴. 네가 참견한 덕분에 이 아가씨들에게 두들겨 맞지 않고 넘어갔으니, 운이 좋다고 해야겠지. 사라진 기타자와에게 감사해야겠어."

내가 입을 다물고 있자 "왜 그래, 벌써 끝난 거야?" 하고 시다가 즐거운 어투로 물었다. 폭력을 휘두르건 달래건 결과는 마찬가지다. 난 그걸 알고 있다. 나는 고등학교 3년 동안 만만치 않은 동료를 두었었다. 시다에게서 내가 동료라 부르던 자들과 같은 냄새가 풍겼다. 시발. 정말 짜증 난다. 나는 누마구치에게로 시선을 돌리고 말했다.

"그렇다면 저놈한테 묻지. 이제 슬슬 깨어날 때가 됐으니. 저놈이라면 네놈과는 달리 얌전하게 술술 말해 줄 것 같으니까."

시다는 누마구치 쪽은 돌아보지도 않고 나를 응시한 채 여전히 즐거운 어투로 말했다.

"그럼 다 같이 사이좋게 기다리기로 할까."

3분 정도 지났지만 누마구치는 꿈쩍도 하지 않았고, 시다 역시 한 올의 동요도 보이지 않았다. 흔들어 놓으려는 시도도 실패한 것 같아 다음 수를 고민하고 있는 나의 의도를 꿰뚫어 본 듯한 목소리가 울렸다.

"뭐야, 이거. 시간 아깝네."

나를 습격한 여자는 그렇게 말하더니 오른손을 재빨리 돌려 특수경봉을 내밀었다.

털커덩, 털커덩.

그 순간, 현관문을 난폭하게 여는 소리가 합창처럼 들려왔다. 소리 나는 쪽으로 시선을 돌리자마자 시다의 입가에 엷게 떠오른 미소를 발견하고 나의 실패를 깨달았다. 그리고 그것은 곧 금속 배트를 든 180센티미터 이상의 젊은 근육질 덩치 세 명의 형태로 나타났다. 나와 습격자들이 다투는 틈을 타서 핸드폰으로 문자를 보냈거나, 아까 동반했던 여자가 대신해서 불렀을 것이다.

하나같이 햇빛에 그은 얼굴에 단발머리 스타일, 티셔츠와 청바지 차림의 젊은 남자들은 거실에 들어서자마자 예의 바르게 시다를 향해 가볍게 머리를 숙였다. 평소 시다가 기르고 있는 교내 경호원들이 분명하다. 몸집으로 보아 미식축구부 아니면 럭비부 소속.

철렁.

누마구치를 습격한 여자가 특수경봉을 휘두르자 경호원들의 시선이 일제히 그쪽으로 향했다. 경호원들에게서 2미터 정도 떨어진 곳에 서 있는 습격자들은 벌써 몸을 둥글게 말고 특수경봉을 가슴 앞으로 들어 올린 자세로 전투태세에 들어갔다. 얼굴에 두려움 같은 건 떠오르지 않았다. 몸이 굳은 것도 아니다. 대단한 놈들이다.

가장 키가 큰 경호원이 시다를 보았다. 빨리 이 속박에서 벗어나고 싶을 것이다. 그러나 시다는 고개를 살짝 옆으로 젓더니 "기다려" 하면서 나를 바라보았다. 입가에 미소를 머금은 채.

"일을 크게 벌일 생각이야?" 하고 내가 물었다.

"새삼 무슨 말을 그렇게 해. 너야말로 나를 흐물흐물하게 두들겨 팰 생각이었으면서."

"우리는 얌전하게 방을 나설 거야. 너는 흐물흐물해지지 않아도 되고. 어때?"

"네 마음대로 정하지 마."

나를 습격한 여자가 경호원들을 노려본 채 말했다.

"아가씨들은 투지가 왕성한 것 같은데."

즐거워하는 시다의 목소리가 귀에 거슬린다.

"이 방에서 죽는 사람이 생기면 곤란해지지 않을까."

시다의 얼굴에 옅은 구름이 깔린다.

"금속 배트를 든 고릴라가 상대이니만큼 나도 이번엔 손에 사정을 둘 수 없을 거야. 내 실력은 아까 봐서 알 테고."

구름이 부풀어 올라 시다의 얼굴에 떠올랐던 웃음기를 덮었다. 위기를 넘기려는 공갈이라고 단정 지을 만한 근거도 없을 것이다. 가장 키가 큰 경호원이 안달이 났는지 입을 열었다.

"해치우지요. 늘 하듯이 지워 버리면 그만 아닙니까."

구름이 단숨에 두터워지고 실내 온도가 2~3도 내려간 듯했다. 시다는 빙점 이하의 눈길을 가장 키가 큰 경호원에게 힐끗 던진 다음, 나에게 시선을 되돌리더니 환한 미소를 지었다.

"고릴라 길들이는 법을 알면 가르쳐 주지 그래."

갑자기 가죽 쓸리는 소리가 났다. 방 안의 시선이 모두 소파 쪽으로 쏠렸다. 짧은 동면에서 깨어난 누마구치가 몸을 곰지락거리는 소리였다. 누마구치는 드러누운 채 고개를 들어 올리고 주변의 상을 눈동자에 모으려고 눈을 가늘게 떴지만 제대로 되지 않는 것 같았다. 화단에서 안경을 챙기지 않았음을 깨달았다. 조금 미안한 생각이 들었지만, 거기에 그냥 내버려두지 않은 것만으로도 감사받기엔 충분하지 않을까.

"됐으니까 그냥 누워 있어."

누마구치는 갑자기 쏟아지는 목소리에 놀라 반사적으로 "죄송합니다!" 하고는 단숨에 윗몸을 일으켜 세워 목소리가 나는 방향으로 눈길을 돌렸다. 그리고 엔진을 잘 다스리지 않고 급가속을 하면 어떻게 되는지, 우리가 보는 앞에서 실증해 보였다. 시다는 몸을 앞으로 구부리고 위장의 내용물을 세차게 토해 내는 누마구치를 바라보면서 힘없이 고개를 저었다. 좋은 타이밍이다.

"어떻게 할래."

내가 물었다.

"다시 시작하고 싶어?"

“오늘은 됐어.”

시다는 귀찮다는 듯이 말했다.

“어차피 너희들은 포기하지 않을 테지. 가까운 시일에 다시 만나자고.”

습격자들도 누마구치의 추태에 기세가 꺾여 어깨에서 힘을 빼고 나의 눈짓 신호를 거부하지 않았다.

나는 습격자들이 거실을 나갈 때까지 남아서 급습에 대비했지만 경호원들은 조용했다. 다만 나를 바라보는 놈들의 시선에는 증오에 가까운 색감이 떠올라 있어 교정에서 만날 것을 상상하니 심란했다.

“너, 정말 우리 학교 학생 맞아?”

거실을 나서는 내 등에 시다의 목소리가 내리꽂혔다. 나는 발길을 멈추고 뒤를 돌아보며 대답했다.

“다음에 만나면 가르쳐 주지.”

미묘하게 어색한 무언의 20초를 엘리베이터 안에서 맛본 이후, 나는 습격자들과 함께 건물 바깥으로 나왔다. 화단 안에서 디팩을 회수하고 누마구치의 안경이 어디 떨어졌나 신경 쓰면서 부지를 나와 일단 멈추어 섰다.

"전철 타고 가?"

나의 물음에 습격자들은 침묵으로 답했다.

"걱정하지 마. 저 고릴라들이 공격하지 못할 곳까지 함께 갔다가 바람같이 사라져 줄게."

"더욱더 사내라는 걸 보여 주고 싶은 거야?"

누마구치를 공격했던 여자가 비꼬는 어투로 말했다.

"아냐. 남자니 여자니 그런 것하고는 관계없어. 폴리시의 문제지."

습격자들은 미묘한 침묵을 지키다가 서로 마주 본 다음 뒤로 돌아서 신바시 방향으로 걸어갔다. 내가 그 뒤를 따라 걸어가는 데도 불만을 표하지 않았다. 3미터 정도의 거리를 두었기에 때로 습격자들이 주고받는 낮은 목소리의 대화조차 알아들을 수 없었다. 터무니없는 작전회의가 아니라면 좋으련만.

10분 정도 걸어서 도라노몬과 신바시의 경계 언저리에 이르러 습격자들은 신바시 쪽으로 방향을 잡았다. 신바시 역으로 이어지는 대로의 인도를 당당하게 걸어가는 온통 새카만 차림새의 두 여자는, 때로 스쳐 지나가는 양복쟁이 남자들의 시선을 끌기 충분했다. 하지만 내 눈에는 혼란 속에서 빠져나와 거리를 담담히 걸어가는 두 여자가 몹시 화사해 보였다. 고릴라들을 코앞에 두고 한 걸음은커녕 반걸음도 물러서지 않으려 했던 그녀들의 각오가 어디서 나온 것인지 솔직히 상상이 가지 않았다.

대로를 반 정도 나아간 곳에서 왼쪽으로 꺾고, 양쪽으로 나지막한 빌딩이 늘어선 길을 걸어가니 테니스 코트만 한 공원이 나왔다. 그녀들은 그대로 공원에 들어가 공중화장실 곁의 벤치 앞에 멈춰 섰다. 주위에 사람은 없었다. 나는 그녀들의 손이 닿지 않을 만한 거리를 두고 서서 마주 보았다.

"우리, 왜 당신을 이길 수 없었을까?"

나를 공격했던 여자가 물었다.

"가르쳐 줘."

람보 씨가 말하길, 패배를 온전히 인정하는 것이야말로 진짜 강함을 손에 넣는 첫걸음이라고 했다.

"다시는 나를 공격하지 않겠다고 약속하면 가르쳐 주지."

여전히 모자를 푹 눌러쓴 탓에 그녀들의 표정을 명확히 읽을 수는 없었지만 입술 끝에 희미하게나마 살기가 감도는 것 같았다. 거의 럼블피쉬다.

"농담이야. 내킬 때면 언제든 습격해도 좋아."

살기가 사라지기를 기다렸다가 말을 이었다.

"지금까지 손쉬운 상대만 해치웠을 거야. 그것도 오로지 불의의 습격으로. 그러니까 뭘 좀 아는 상대가 반격을 하면 어찌할 줄 모른다는 것."

그녀들에게서 분노는 전해져 오지 않았다. 정곡을 찔렀을지도 모른다.

"우리가 그대로 고릴라들과 싸웠더라면 어떻게 되었을 것 같아?"

누마구치를 공격했던 여자가 물었다.

"벽까지 밀렸다가 체중에 짓눌러 찌부러지고, 게임 오버."

"우리는 그놈들보다 싸우는 방법을 잘 알아."

나를 공격했던 여자가 볼멘 목소리로 말했다.

"지금까지 배트를 든 사람과 싸워 본 적 있어? 그런 설정을 하고 훈련을 받아 본 적은? 애당초 싸우는 방법을 아는 사람은 공격할 때 잡히기 쉬운 후드 달린 옷을 절대로 입지 않아."

나를 공격했던 여자와 시선을 맞춘 채 말을 이었다.

"아까 난 후드를 이용해서 네 목을 조를 수도 있었어. 요컨대 지금 너희들은 그냥 지나가는 사람 뒤통수나 치는 잔챙이랑 다를 바 없다는 말이야."

침묵이 흘렀다. 큰길에서 울리는 클랙슨 소리가 쓰잘데없이 크게 들려왔다. 젊은 커플이 이상하다는 눈길을 던지며 우리 곁을 지나간 다음, 나를 공격했던 여자가 갑자기 움직이더니 벤치에 걸터앉았다. 누마구치를 공격했던 여자도 그 뒤를 따랐다. 나는 움직이지 않았다.

"그렇다면 우리는 당신에게 도움을 받은 셈이네."

나를 공격했던 여자가 말했다.

"도울 생각은 없었어. 귀찮은 일을 피하고 싶었을 뿐이야. 아드레날린이 넘쳐 나는 인간이 딱딱한 막대기를 휘둘러 대다가 어떤 우연이 겹치기라도 하면 진짜로 죽는 사람이 나올지도 몰라. 서로 죽이는 짓은 내가 없는 곳에서 해 줘."

반론이나 불평은 없는 듯했다. 내 차례다.

"아까 시다가 한 말이 사실이야? 너희들이 놈의 부하들을 줄줄이 습격했다는 거."

그녀들은 꼭 다문 입을 1나노도 움직이려 하지 않고, 다만 나를 가만히 쳐다보기만 했다. 젠장맞을. 이놈이고 저놈이고 정말 짜증 난다.

“사실을 알게 된다고 해서 이러쿵저러쿵할 생각은 없어. 너희에 대해 캐물을 생각도 없고. 내가 지금 하는 일에 연관되어 있는지 확인하고 싶어서 그래.”

또다시 침묵. 대답 듣기를 반쯤 포기했을 때, 나를 공격한 여자가 마침내 입을 열었다.

“당신을 본 적이 있는 것 같아.”

“엉?”

누마구치를 공격한 여자도, 어? 하는 얼굴로 동료를 바라보았다.

“언제인지는 기억나지 않지만, 어딘가에서 만났던 게 분명해.”

“혹시 주제를 다른 데로 돌리려는 거야?”

“아냐.”

나를 공격한 여자의 목소리에는 약간의 짜증이 섞여 있었다.

“싸울 때부터 뭔지 모르게 마음에 걸리는 게 있었지만, 지금 다시 당신 얼굴을 보니까 분명하다는 생각이 들어.”

“이런 데서 생이별한 여동생을 만날 줄은 몰랐네.”

“장난치지 마.”

“네.”

“당신, 뭐야?”

“그냥 대학생.”

“출신은 도쿄?”

“그렇긴 해.”

“고등학교는?”

“잠깐만. 결국 이야기가 옆길로 새 버렸어. 지금 나라는 인간은 아무래도 상관없어. 사라진 친구를 죽을힘을 다해 찾는 사람이 있고, 그놈은 좋은 소식이 오기만을 기다려. 기억 찾기 여행은 한가로울 때 상대해 줄 테니까, 묻는 말에 대답 좀 해 주면 좋겠는데.”

나를 공격한 여자는 모자의 챙을 천천히 들어 올렸다. 이마 라인까지 얼굴이 드러나고, 오랜만에 아름답고 긴 눈을 영접할 수 있었다.

“찾는 사람이 당신 친구가 아니었어?”

“그건 좀 복잡한 사정이 있어. 그것도 한가로울 때 이야기해 줄 테니까, 지금은 좀 참아 줘.”

“우리가 다시 만날 수 있을 거라고 생각해?”

“하는 말마다 걸고 넘어지지 마, 부탁이니까.”

나를 공격한 여자가 시선을 돌리자 누마구치를 공격한 여자는 알아서 하라고 대답했다. 나를 공격한 여자는 나를 바라보며 말했다.

"저 쓰레기가 부하라고 부르는 놈한테 우리 친구가 심하게 당했어. 그래서 복수를 하는 거야. 당신이 찾는 인간이 다쳤다거나 입원한 게 아니라면 지금으로서는 우리와 관계없어."

시다의 말과 행동으로 보아 그 아래에 어떤 인간들이 모여드는지 쉽게 상상이 갔고, 그녀들의 각오와 분노를 보면 그 친구가 어떤 지경에 처했는지 듣지 않아도 알만 하다. 다만, 한 가지 이해가 안 되는 점이 있었다.

"친구를 위해 하는 것치고는 리스크가 너무 크지 않나."

"당신이 할 말은 아닌 것 같은데."

하긴 그렇다.

"여러 가지 복잡한 사정이 있어, 우리에게도. 한가로울 때 말해 줄게."

나를 공격한 여자가 벤치에서 일어났다. 누마구치를 공격한 여자도.

"한 가지 더."

나는 황망히 물었다.

"너희의 표적 가운데 기타자와 유토라는 이름이 있어?"

"없어. 아직까지는."

그녀들은 벤치 앞을 벗어나 공중화장실 옆의 크로톤 화단으로 다가가더니 각자 오른손을 나무 사이로 집어넣어 숨겨 놓았던 커다란 디팩을 꺼내 화장실로 들어갔다. 1분이 지나도 나오

지 않기에 혹시 변태로 오인당하지 않게끔 벤치에 앉아 있기로
했다. 자리에 앉는데 나무 바닥에서 희미하게 한기가 배어났
다. 가을은 착실하게 깊어져 간다.

그녀들이 화장실에서 나왔다. 세일러 교복과 블레이저 교복
으로 각각 갈아입은 그녀들은 벤치로 다가오더니 아직도 안 갔
느냐는 듯 나에게 힐끗 눈길을 던지고는 잰걸음으로 공원 출구
로 향했다. 나는 동요를 억누르며 자리에서 일어나 두 사람 뒤
를 따랐다.

특수경봉이 든 디팩을 어깨에 멘 채 가련한 분위기를 풍기
는 여고생들은 경쾌한 발걸음으로 신바시 역으로 나아갔다. 나
는 2미터 정도 거리를 두고 그녀들을 따라갔다. 그녀들은 한 번
도 뒤를 돌아보지 않고 앞길을 서둘렀다. 단숨에 공격을 완성
하고 돌아가려던 계획이 수포로 돌아가, 정해진 귀가 시간이
다 되었을지도 모른다. 가능하다면 두 사람 앞으로 돌아들어
아까는 잘 보지 못했던 것을 확인하고 싶었지만 꾹 참았다.

술 취한 남자들이 끈적한 시선을 던질 듯한 역 앞 번화가를
재빨리 빠져나가 가라스모리 출입구 쪽 개찰구에 이르자 그녀
들은 나를 돌아보고 섰다. 너무도 기억에 생생한 세일러복 가
슴께에 새겨진 학교의 자수 문양이 또렷이 눈을 파고들었다.
한때 눈이 시릴 정도로 보았던 그리스 문자 'Σ'였다.

"여기까지 고마웠어."

나를 공격했던 세일러복 여자가 말했다.

"딱히 도움이 필요하진 않았지만, 일단 인사는 해 두지."

"너 혹시 3학년?"

세일러복 여자의 미간에 '만지지 마 독극물'의 마크가 떠올랐다.

"그렇다면 뭐?"

만일 3학년이라면 나를 보았을지도 모른다. 여자가 1학년이었던 가을 축제 때.

"아무것도 아냐. 마음에 두지 마. 그리고 괜한 소리인지 모르겠지만 위험한 짓을 계속할 생각이라면 좀 더 강해지고 난 다음이 좋을 거야. 이대로 계속하다가는 좋지 않은 일이 벌어질 테니."

세일러복 여자는 생각에 잠긴 듯한 눈길로 나를 바라보면서 말했다.

"당신은 어디서 싸우는 법을 배웠어?"

"어떤 사람에게."

"지금도?"

"응."

"어떤 사람?" 하고 세일러복 여자가 말하자, 블레이저 여자가 "시간" 하고 재촉했다. 그 말에 촉발되어 나는 역 구내에 걸린 시계 쪽으로 눈길을 돌렸다. 10시 21분.

"전화번호 가르쳐 줘."

세일러복 여자는 화난 듯이 말했다.

남자가 전화번호를 묻는 상황은 흔하지만, 그 반대는 없었던 것 같다. 괜히 침묵했다가 상대방이 수치심을 느낀다면 또 다른 문제가 생길지 몰라 일단 집 전화번호를 가르쳐 주었다.

"핸드폰은?"

"없어. 싫어해, 핸드폰."

세일러복 여자는 풋, 코웃음을 치더니 이름은, 하고 물었다. 미나가타. 남녀 남에, 방향 방.

"너희들 이름은?"

세일러복 여자가 잠깐 망설이다가 대답했다.

"리츠."

"자네는?"

"유."

블레이저 여자는 떨떠름한 느낌의 어투로 말했다.

"치이사코베(ちいさこべ, 야마모토 슈고로의 소설 제목으로, 리츠(り つ)와 유(ゆう)라는 인물이 등장한다―옮긴이)잖아" 하고 내가 말했지만 그녀들은 반응하지 않았다. 전사의 모습이라면 소설 속 이름이 어울리지 않았겠지만, 교복 차림의 그녀들에게는 꼭 들어맞는 것 같았다. 이제 슬슬 리츠와 유를 돌려보내지 않으면 시게츠기(위 소설의 등장인물―옮긴이)에게 야단을 맞고 말 것이다.

나는 발길을 돌렸다.

애차를 가지러 대학으로 돌아가면서 저녁 이후로 전개된 사태를 곱씹어 보았다. 나름 현기증이 날 만큼 화려하긴 했는데, 그에 비해 성과는 거의 없었다. 희귀종이라 할 아주 귀찮은 아이들과 안면을 트긴 했지만.

가는 길의 절반쯤 지났을 무렵 발견한 공중전화 박스에 들어가 유키에게 전화를 걸었다. 자세한 내용은 생략하고 아무런 성과도 없었음을 알린 뒤 계속 조사를 하겠노라 하고는 전화를 끊었다.

교직원 전용 주차장 입구이기도 한 대학 서문에 도착했다. 문 옆에 서 있는 젊은 경비원에게 경계의 눈길을 던지면서 부지 구석에 세워 둔 애차와 재회했다. 무허가 주륜이지만 입학 이래로 주의를 받은 적은 없다.

집에 도착할 즈음에는 날짜가 바뀌어 있었다. 바로 샤워를 한 다음에 낡아 빠진 랩톱을 열고 메일을 체크했다. 제로. 몸 구석구석 피로가 쌓였지만 잠은 오지 않았다. 오랜만에 실전에 임한 탓에 흥분한 신경이 가라앉지 않은 탓이다. 갑자기《치이사코베》를 다시 읽어 보고 싶었지만 책이 없다. 그 대신 오래전에 친구에게 빌려 놓고 아직 읽지 않은《대지의 저주받은 사람들》을 꺼내 침대에 걸터앉은 채 읽기 시작했다. 이걸 빌려준 사내는 내가 아는 그 누구보다도 강했다.

　30분 정도 지나니 집중력이 흐트러져서, 책을 덮고 드러누워 가볍게 눈을 감았다. 눈앞에 시다의 방에 있던 고릴라들의 모습이 떠올랐다. 이어서 리츠와 유가 갑자기 나타나 고릴라들을 향해 공격을 가했다. 두 사람은 특수경봉을 멋지게 휘둘러 잠깐은 고릴라들을 압도했지만 이윽고 체력 차이로 밀리더니 패색이 짙어졌다. 그러나 다음 순간 누구보다도 강한 나의 친구가 바람처럼 등장하여 고릴라들을 눈 깜짝할 사이에 짓눌러버렸다. 내가 자랑스러운 눈길로 시다를 바라보자 놈은 의유로운 미소를 머금으며 뒷주머니에서 자동 권총을 꺼내 총구를 내 친구에게로 향했다. 나는 "멈춰!" 하고 외치며 침대에서 벌떡 일어섰다. 어느새 아침이었다.

8

토요일. 조사 2일째.

반드시 출석을 부르는 1교시 영어 강의를 들은 다음 도서관의 지정 소파에 몸을 푹 파묻고《대지의 저주받은 사람들》나머지 부분을 읽었다. 처음 읽기 시작했을 때는 좀처럼 친숙해지지 않았지만, 차츰 말이 잘 통하는 친구가 되어 주었다.

점심으로 교내식당에 가서 카레라이스를 먹고 도서관으로 돌아오자 강렬한 졸음이 밀려와 낮잠을 잤다. 물론 미인 사서의 부재가 확실했기 때문이다. 꿈 없는 깊은 잠에 빠졌다가 오후 4시에 일어났다. 도서관을 나와 중정 벤치에 앉아 천천히 이파리를 떨어뜨리기 시작한 은행나무를 바라보면서 캔 커피를 마신 다음, 직원 전용 주차장에서 애차를 픽업하여 대학을 나섰다.

미나미아자부, 히로오, 에비스를 가로질러 고마자와 로를 따라 천천히 유텐지 역에 다다랐다. 역에서 5분 정도 남쪽으로 더 가면 한적한 주택지가 나온다. 거기서 조금 헤매다가 5시가 넘어서 기타자와 집에 도착했다. 주택업자가 지은 단독주택이다. 그 어떤 자기주장도 하지 않고, 좋건 싫건 거리에 녹아든 모습이었다.

애차에서 내려 미닫이 두 짝 대문 곁에 붙은 인터폰 버튼을 눌렀다. 응답이 없다. 다시 한번 눌렀다. 응답이 없다. 밖에서 보이는 창에는 모두 커튼이 드리워져, 뭔가를 완고하게 기부하는 듯 보였다. 주위를 둘러보았다. 길가에 떨어진 작은 낙엽 하나를 주워 대문 틈에 찔러 넣었다. 낙엽은 꼭 끼어서 떨어지지 않았다.

일단 집 앞을 벗어나 고마자와 공원 주변을 천천히 달려 어둠이 내려오기까지 시간을 때우고, 7시가 되기 조금 전에 기타자와의 집으로 돌아왔다. 여전히 현관 외등도 집 안의 조명도 들어오지 않았다. 낙엽은 꼭 낀 채였다.

한 시간 정도 후에 집에 돌아와 보니 야노의 녹음 메시지가 들어와 있었다. 노체에 있으니까 와 줘.

유키에게 전화를 걸어 기타자와 집에 갔던 일을 보고했다.

"아주 분위기가 이상했어. 그렇지만 선입견이 있어서 그렇게 보였을지도 몰라. 혹시 오늘 밤늦게 가족여행에서 돌아와서 너한테 바로 연락을 할지도."

"정말 그렇게 생각해?"

"물론, 가능성은 낮겠지만."

"앞으로 어떻게 할 생각이야?"

"시다를 다시 한번 쑤셔 볼 거야. 그래서 아무것도 안 나오면 내가 할 수 있는 일은 거의 없어. 애석하게도."

아주 짧은 침묵 이후 유키가 말했다.

"별로 관계없을 것 같아서 저번에 이야기하지 않은 일이 있어. 유토가 우리 집에서 잤던 그날 밤에 말야. 거실에서 소리가 나서 뭔가 하고 보러 갔더니 잘 거라고 생각했던 유토가 불도 켜지 않고 텔레비전을 보는 거야. 유토는 화면 안으로 빨려들 듯 집중한 탓에 나를 의식하지 못했어. 물이라도 줄까, 하고 말을 걸었더니 내가 깜짝 놀랄 만큼 당황하면서 허둥지둥 텔레비전을 끄더라. 눈이 떠졌는데 달리 할 일도 없고 해서, 라고 변명처럼 늘어놓고는 아무 일 없었다는 듯이 소파에 누워 버렸어."

"그게 모습을 감춘 것하고 관계가 있다고 생각해?"

"잘 모르겠지만 지금 생각해 보니, 그때 그 당황해하는 태도가 좀 이상하지 않았나 싶어."

남의 집인데 갑자기 등 뒤에서 목소리가 들려오면 당황하는 게 당연하지만, 유키의 주관적인 판단에 이의를 제기한들 무슨 소용일까.

"게다가 내 목소리를 듣고 뒤를 돌아볼 때 유토의 표정이 너무 어색했어. 뭐랄까, 들켜서는 안 될 걸 들켜 버린 어린애 같은."

"프로노를 보다가 엄마한테 들킨 듯한?"

농담으로 한 말이었는데 유키는 정말 그런 느낌이었다고 아주 진지한 어투로 대답했다.

"유토가 보던 거, 무슨 프로그램인지 알아?"

"미안, 몰라."

"시간은 기억해?"

"11시 지나서였어."

"알았어. 나중에 조사해 볼게."

우선순위로 치면 조사 순서는 맨 밑에 가깝지만 유키에게 굳이 알릴 필요는 없다. 전화를 끊고 엷은 파카를 벗고 두터운 파카로 갈아입은 뒤 집을 나섰다.

애차를 밟아 시로가네로 향했다. 이타바시의 교차로에서 신호를 기다리는데 좀도둑처럼 뒤에서 은밀하게 다가온 2인조 경찰관에게 갑자기 불심검문을 당했다. 불심검문이라고 무시할 수도 있지만, 그랬다가는 백 퍼센트의 확률로 다툼이 일어날 것이다. 가치 있는 인생의 시간을 쓸데없이 낭비할 순 없으니 순순히 받아들이고 묻는 말에 대답했다. 방범등록번호 조회를 하느라 조금 시간을 빼앗겼다. 파출소에 근무하는 별 볼 일 없는 지방공무원에게는 로또 당첨 발표 시간이나 다름없다. 가능하다면 자전거가 도난품이고, 더 가능하다면 소지품 검사에서 약물이라도 나오기를 부처님께 빌면서 과업 달성의 꿈에 부풀어 있을 것이다. 그 꿈속에서는 법이니 정의 같은 건 존재하지 않는다. 무전기로 넘버를 조회하던 경찰관이 동료를 향해 작게 고개를 저었다. 애석해하는 경찰관들의 배웅을 받으며 페달을 밟기 시작했다. 경찰관에게서 벗어나는 방법을 아직까지는 찾지 못했다. 아마 앞으로도 찾지 못할 것이다.

주택지에서 상업지대로 바뀌는 경계 언저리에 선 5층 빌딩에 도착했다. 건물 앞 주차금지 표지 기둥에 애차의 체인로커를 연결하고 빌딩 안으로 들어갔다. 계단을 타고 2층으로 올라가 한 층을 다 차지하는 다이닝 바 '노체'의 두껍고 견고한 문을 열었다. '노체'는 간판을 내걸지 않은 프라이빗한 회원제 가게로, 주로 연예인들이 애용하는 곳이다. 안으로 들어가 점주의 모습을 찾는데 카운터 스툴에 앉은, 나와 나이 차이도 없을 듯한 젊은 미남이 명백히 적의에 찬 눈길을 부딪쳐 왔다. 일반인이 길을 잘못 들었다고 생각했을지도 모른다. 그 시선을 무시하며 벽에 걸린 그림 속의 파란 눈 여자와 눈을 마주치고 있는데 가게 안에서 점주 구로사키 씨가 나타났다. 구로사키 씨는 나를 알아보고 미소 지었다. 전 여배우의 미소는 눈꼬리의 주름이 두드러져 보이는 나이가 되어서도 충분히 매력적이었다.

"안쪽에 계셔."

구로사키 씨의 허스키 보이스에 가볍게 고개를 숙이고 개인실로 향하는 나에게, 카운터의 젊은 미남은 한층 순도 높은 적의의 눈길을 쏘아 보냈다. 왜 그리 똥폼을 잡는담.

노크를 하고 개인실로 들어서자 하얀 셔츠에 검은 바지 차림의 야노가 가죽 소파에 반듯하게 누워 흰 인쇄물을 살펴보고 있었다. 그리고 그 책자에서 눈길을 떼지 않은 채 가볍게 손을 흔들었다. 나는 어깨에 걸친 디팩을 작은 의자에 내려 두고 4인용 테이블 앞에 앉았다. 테이블에는 마시다 만 맥주가 담긴 글라스와, 야노가 읽고 있는 것으로 추정되는 인쇄물이 네 권 놓여 있었다. 표지에 타이틀은 적혀 있지 않았다. 아마도 각본일 것이다. 야노가 다 읽기를 말없이 기다리는데 구로사키 씨가 주문을 받으러 왔다. 그레이프프루트 주스를 시켰다.

5분 정도 지나 컵을 반 정도 비웠을 즈음 야노가 소파에서 일어나 들고 있던 인쇄물을 다른 네 권의 인쇄물 위에 던지듯 내려놓고 내 건너편에 앉았다. 그러고는 김빠진 맥주를 입에 머금고 얼굴을 찡그렸다.

"드라마 봐?"

"안 봅니다. 애당초 텔레비전이 없습니다."

"텔레비전을 주면 볼 거야?"

"안 봅니다."

"왜."

"어릴 적부터 보는 습관이 없어서요."

"어린 주제에 텔레비전을 안 보면 뭘 했어?"

"공부를 하거나 책을 읽었습니다."

"귀여운 구석이라고는 하나도 없는 꼬맹이로구만."

야노는 그렇게 말하고 무작정 환한 미소를 보였다. 고등학생 시절의 나였더라면 그에게 안겨도 좋다고 생각했을 것이다.

"드라마 각본입니까?"

야노는 귀찮다는 듯이 고개를 끄덕였다.

"드라마는 안 한다고 하셨잖아요."

"아직 한다고 결정하진 않았어."

야노는 마음이 편치 않은 듯이 맥주잔에 입을 대고 아까보다 더 심하게 얼굴을 찌푸렸다.

"여러 가지 사정이 있거든."

노크 소리가 들리고 대답을 하기도 전에 문이 열렸다. 아까 그 젊은 미남이 문 앞에 서서 종이 못지않게 얇은 웃음을 떠올렸다.

"야노 씨가 계시다고 마담에게 들어서요. 인사드리러 왔습니다."

젊은 미남이 닭처럼 머리를 움직여 인사를 하자 야노는 벽에다 대고 말하듯 감정 없는 목소리로 말했다.

"지금 중요한 이야기를 나누는 중이야."

젊은 미남은 민망한 표정을 지었지만 금방 태세를 고쳐 있는 힘을 다해 당당한 웃음을 지어 보였다.

"그렇습니까. 실례했습니다."

젊은 미남은 다시금 적의를 품은 눈길을 내게 던지면서 문을 닫고 사라졌다. 그러니까 왜 그리 잔뜩 폼을 잡느냐 이거야.

"신경 쓰지 마. 그냥 착각에 빠진 놈이니까."

"배우입니까?"

"지금 좀 팔리고 있는 모델 출신 배우야. 한자도 제대로 읽지 못하는 녀석이지."

표정은 평온했지만 목소리에는 혐오가 배어 있었다. 어떤 인연이 있었을지도 모른다.

"다음 주 수요일에 뭐 해?"

야노 씨가 갑자기 물었다.

계획은 없었지만 기타자와 건이 있다.

"죄송합니다. 약속이 있어서요."

"드문 일이네. 마침내 친구가 생긴 건가."

신세를 진 후원자이니 솔직하게 사정을 설명하고 싶었지만 유키에 대한 신의를 가벼이 여길 수는 없었다.

"또 차를 옮겨야 합니까."

"아니, 다른 건으로 부탁할 게 있어서."

"급한 일입니까?"

"괜찮아, 마음에 두지 마."

야노는 그렇게 말하고 맥주를 단숨에 들이키더니 갑자기 생각났다는 듯이 "그런데 너무 늦게 왔잖아"라고 말했다. 학교에서 일이 생겨 늦어졌다고 짧게 요약해서 대답했다.

"대학은 어때? 즐거워?"

"즐겁고 뭐고, 그냥 오가는 것뿐이니까요."

"왜 대학에 들어가려고 마음먹었을까."

"공부 말곤 할 만한 게 없었거든요."

야노는 눈을 가늘게 뜨고 별 희귀한 동물이 다 있다는 표정을 지었다. 대학에 들어간 데에는 다른 이유가 있었지만 그것까지 말하고 싶진 않았다.

"야노 씨는 어떻게 배우가 되고자 하셨어요?"

"원숭이 춤을 추다가 그랬지, 뭐."

야노는 바로 대답했다.

"꼬맹이 때 학교 학예회에서 원숭이 역할로 선생하고 학부모들한테 칭찬을 많이 받았더랬지. 그때부터 바람을 타고 지금까지 온 거야."

"요컨대 천직을 찾으신 거네요. 부럽기 짝이 없습니다."

야노는 아무런 반응도 보이지 않고 글라스에 손을 뻗었다가 비어 버린 것을 깨닫고는 얼굴을 반쯤 찡그리며 혀를 찼다. 그것이 무슨 신호라도 된 양 구로사키 씨가 나타나 맥주 주문을 받아 갔다. 이런 단순한 우연도 야노 씨가 엮이면 극적으로 보인다. 이윽고 새로운 맥주가 테이블에 올라오자 야노는 잠시 글라스를 망연히 바라보다가 갑자기 말을 꺼냈다.

"얼마 전에 찍은 영화에서 캔맥주를 마시는 장면이 있었지. 내가 맥주를 마시려 하는데 갑자기 컷이 걸렸어. 이유가 뭘 것 같아?"

"전혀 모르겠습니다."

"그 맥주가 내가 광고하는 맥주랑 브랜드가 달랐기 때문이야. 내 매니저가 그걸 깨닫고 감독에게 안 된다고 해서 모든 촬영을 멈춘 거지. 스폰서 님의 맥주가 마련되고 나서야 다시 스타트 신호가 떨어졌고, 나는 아무 일 없었다는 듯 맥주를 마셨어. 천직이란 것을 내려 주신 신은 그런 내 모습을 보고 꽤 실망하지 않았을까. 맹세컨대, 막 배우를 시작했을 즈음에 내 매니저가 그런 짓을 했더라면 죽여 버렸을 거야."

야노는 맥주잔에 입을 대고 문득 뭔가가 떠오른 듯 옅은 미소를 머금더니 "하긴, 막 배우를 시작할 무렵에는 매니저 같은 거 있지도 않았지"라며 자조 섞인 어투로 중얼거리듯이 말을 이었다.

"처음 출발점에 섰을 때는 자신을 잘 팔아 보려고 연기하는 작자들을 보면서 난 절대로 저리 되지 않을 거라고, 그렇게 될 리가 없다고 확신했더랬지. 하지만 작년에 내가 번 4억 엔 가운데 삼분의 이는 광고 매상이야. 나머지 삼분의 일은 아무런 가치도 없는 개똥 같은 영화 출연료였지. 다시 말해 난 이미 배우가 아니라 광고나 찍는 탤런트 나부랭이야. 그래서 드라마에도 나갈 수 있는 거야. 어차피 스폰서 님의 요청이기도 하고. 게다가……."

야노는 맥 빠진 눈길로 테이블 위의 각본을 바라보았다.

"목줄을 한 개에게는 딱 맞는 일이라 해야겠지."

문득 야노의 스포츠카들이 떠올랐다. 어쩌면 야노가 스스로의 상징으로 그녀들을 사 모아 장례식장에 잠재워 둔 것일지도 모른다. 발군의 능력을 갖추었으나 그것을 제대로 발휘하지 못하는 자의 상징.

야노는 각본에서 눈을 떼고 똑바로 나를 쳐다보았다.

"대학을 나와서 뭘 할 생각이지?"

바로 대답했다.

"완전 백지입니다."

야노는 짧게 웃었다. 얼굴에 웃음기를 남긴 채 진지한 어조로 말했다.

"자네가 어떤 길을 택하건 난 응원할 거야. 다만 중요한 결정할 때는 생활에 대해서는 잊어. 내가 그때 아무 불평 없이 광고

브랜드 맥주를 마신 것은 생활을 위해서였어. 자신의 생활을 위해, 스태프의 생활을 위해. 생활은 이상이나 신념을 단숨에 지워 버리는 마법의 말이야. 내가 언제부터 연기자로서의 자유를 내던지고 생활에 목을 매게 되었는지는 이미 잊은 지 오래지만, 지금은 완전히 생활의 노예야. 그러므로 나처럼 되지 마. 절대로.”

네, 하고 대답하기도 뭣해서 우물쭈물하는데, 야노는 십 년 후의 자네를 기대하는 것이 즐거움이야, 라며 맥주잔을 비웠다. 적절한 타이밍이라 생각하고 화장실에 갔다. 처음으로 자신의 고뇌를 드러낸 야노에게 제대로 된 어떤 말을 했어야 할까. 그러나 어떤 존재로 남고 싶어 몸부림치는 한 인간에게 아직 아무것도 아닌 자가 해 줄 말은 없었다. 억지로라도 격려의 말 같은 것을 짜낼 수 있었을지도 모르겠으나, 야노는 그런 것들에 넌더리가 나 있다. 바로 그런 이유로 나를 곁에 두고 싶어 하는 것이 아닐까. 나는 스포츠카나 마찬가지로 야노에게 어떤 종류의 안정제 역할을 하는 존재인지도 모른다. 물론 그 아름다운 짐승들과 내가 동등한 가치를 가진다고는 도저히 생각할 수 없지만.

화장실을 나서는데 한자를 읽지 못하는 젊은 미남이 잠복한 채 기다리고 있었다. 싸구려 전개에는 넌더리가 난 터라 무시하고 곁을 지나치려 하는데, 스치는 순간 젊은 미남의 오른쪽 무릎이 세차게 내 배를 향해 솟구쳐 오르는 것을 느끼고 몸을 펼침과 동시에 오른쪽 팔꿈치로 젊은 미남의 대퇴에 카운터 공격을 가했다. 노린 대로 팔꿈치 끝이 핀포인트로 햄스트링을 찌르자 젊은 미남은 짧은 신음을 뱉어 내며 바닥에 꼬꾸라졌다. 얼마나 아픈지 잘 알지. 월 덕분에.

"그러게 왜 시비를 걸어. 내가 뭘 했다고 그래?"

"시끄러워."

젊은 미남이 천천히 일어섰다. 대화가 안 된다면 다른 수단으로 주고받을 수밖에.

"무슨 일이야?"

플로어 쪽에서 구로사키 씨 목소리가 들려왔다.

"아무것도 아닙니다."

나는 젊은 미남에게서 눈을 떼지 않은 채 대답했다.

젊은 미남은 나를 노려보면서 한스러운 목소리로 말했다.

"두고 보자."

논두렁 깡패의 전용 멘트를 오랜만에 생으로 들었다.

"저 멍청이랑 실랑이라도 벌인 건 아니겠지."

개인실로 돌아가자 야노가 그렇게 물었다. 아무 문제도 없었다며 어떻게 해석해도 좋을 대답을 했다.

"저 자식 소속사의 배후에 조폭이 웅크리고 있거든. 엉키면 귀찮을 테니까 무시하고 말아."

조금만 더 일찍 말해 주었다면 좋았을 것을.

일어나일어나일어나.

눈을 뜨자마자 자명종 시계를 보았다. 08:00.

일어나일어나일어나.

새벽 4시까지 야노에게 잡혀 있다가 간신히 귀가하여 샤워를 한 다음 침대에 파고든 것이 6시 즈음이었다.

일어나일어나일어나.

이대로 드러누워 전화기의 자동응답 기능이 작동하기를 기다릴까도 생각했지만, 억지로 힘을 내어 침대를 나서 서재로 향했다. 자연히 발걸음이 무거웠다. 평소에도 잘 울리지 않는 전화가 무슨 좋은 소식을 전하겠다고 일요일 아침부터 울릴 턱이 없다. 서재에 들어가자 울리던 벨이 멈추고 자동응답 메시지가 시작되었지만 금방 수화기를 들어 "여보세요" 하고 받아

든 뒤 유키의 암울한 목소리를 기다렸다.

"나야."

가볍게 한숨을 내쉬었다.

"자고 있었어?"

"아, 무지 즐거운 꿈을 꾸는 중이었지."

"어떤 꿈?"

"잊어버렸어."

"오늘 시간 있어?"

"저녁때까지는."

"이야기 좀 하고 싶은데."

"지금 말해."

"경계하는 거야? 안심해도 돼, 당신이 무례하지만 않으면 다시는 습격하지 않을 테니까."

다시 한숨이 나왔다.

"어디 살아?"

"고이시가와 식물원 옆."

"그럼 10시에 고이시가와 식물원에서."

한 조각 여운도 없이 전화가 끊어졌다. 딱히 만나지 못할 이유는 없었지만, 최소한 식물원 어디에서 만날지 정도는 정했어야 하는데. 아마도 리츠는 식물원이 얼마나 넓은지를 모르는 것이다. 돈도 없고 필요도 없어서 발신 번호를 디스플레이에 띄워 주는 서비스를 신청하지 않았기에 다시 걸고 싶어도 번호를 알 수 없다. 아차, 하고 다시 전화가 올까 해서 전화기 앞에서 1분 정도 기다렸지만 소용이 없었다. 젠장할.

베란다에서 아침 햇살을 받으며 커피를 마시고 뇌를 깨운 다음 세수를 하고 아침을 만들었다. 로메인 레터스와 토마토를 넣은 샐러드에 달걀 샌드위치. 다 먹은 다음에도 약속 시간까지 한 시간 정도 남아서《대지의 저주받은 사람들》을 이어서 읽을까 하다가 백 퍼센트 잠에 빠지고 말 터라 그만두었다. 대신 랩톱을 켜서 메일을 체크한 다음(수신 제로) 기타자와 유토의 이름이 인터넷 전산망에 걸려들지 않았는지 체크했다. 3년 전에 도치기 고등학교 소속 기타자와 유토가 전국체전의 검도 대회에서 우승했다는 것 말고는 아무것도 없었다. 문득 시간을 확인해 보니 9시 55분이 되어서 서둘러 랩톱을 닫고 침대 곁에 떨어져 있던 어제의 옷을 주워 입고 방을 나섰다.

1분도 되지 않아 식물원 정문에 이르렀다. 10시 10분이 지나도 리츠는 나타나지 않아 관람료를 내고 안으로 들어가서 일단 서쪽으로 걸어갔다. 가로수 길이라기보다는 임도에 가까운 오솔길이었다. 따스한 5월의 햇살에 비쳐 나는 나무들을 바라보며 걷는 것도 나쁘지 않았다. 자연스럽게 느려지는 발걸음에 때로 가속을 붙이기도 하면서, 부지의 서쪽 끝에 있는 일본 정원 앞의 커다란 연못에 이르렀다. 정자 벤치에 리츠의 모습이 보였다. 습격 때와 같은 복장인데 캡모자는 쓰지 않았다.

"늦었잖아."

리츠는 퉁명스럽게 말하고 두 손에 하나씩 든 캔 커피의 오른쪽 놈을 벤치 곁에 선 나에게 던졌다. 이 드넓은 공간에서 최소한의 지각에 그친 나를 칭찬해 주기를 바랐지만 너무 큰 바람인 것 같아 캔 커피 하나에 만족하기로 했다.

"그나저나, 할 말이라는 건?"

리츠는 캔 커피를 두 손으로 안듯이 꼭 잡고 나를 가만히 들여다보며 말했다.

"너의 스승을 소개해 줘."

예상은 했었기에 당황하지 않고 대답했다.

"알았어."

리츠의 눈길에 의구심의 기색이 떠올랐다.

"단, 조건이 있어. 네가 그런 소동을 일으킨 이유를 말해 줘."

리츠는 눈길에서 의구심을 지우고 그 대신 미간에 주름을 잡았다.

"네 스승은 너처럼 품행이 단정한 인간만 가르친다 이거야?"

아픈 곳을 정확히 찌르고 들어왔다. 람보 씨에게 배우면 강해질 것이다.

"그런 건 아냐. 선생님은 나에게 소중한 사람이야. 아무것도 모르는 사람을 소개하고 싶지 않을 뿐이야."

리츠는 반론을 펴지 않고 다만 나를 뚫어져라 바라보았다. 쏘는 듯한 눈길이었다. 너를 믿어도 돼? 그렇게 묻는 것 같았다. 연못에서 물고기가 튀어 오르는 소리가 들렸다.

"P를 시작한 이유는."

리츠는 거기까지 말하다가 귀찮다는 듯이 "P는 Punishment, 다시 말해 징벌을 내리는 것"이라고 보충하고 말을 이었다.

"내 친구가 쓰레기 대학생에게 강제로 당한 뒤 그 충격으로 자살을 시도했어. 그런데도 주변 사람들이 그 일을 얼버무리고 지워 버렸다는 것을 받아들일 수 없어서."

"그 쓰레기는 어떻게 됐어?"

"강간범이라는 소문을 대학 내에 퍼뜨려 퇴학당하게 했어."

"습격을 하지 않고?"

"그즈음의 우리는 아직 약했거든."

"처음부터 동료가 있었어?"

"처음에는 다섯 명이었어. 전원 반 친구. 지금은 후배하고 다른 학교 애들도 가담해서 총 94명이야."

"유가 다른 학교 동지였던 거구나."

리츠는 작게 고개를 끄덕였다.

"처음부터 P라는 걸 하기 위해 다섯을 모았던 거야?"

리츠는 대답하지 않고 또 다른 것을 물으려는 듯 나를 바라보았다. 도대체 하고 싶은 말이 뭐야?

"2학년이 되기 전까진 난 평범한 여고생이었어. 그러다가 반이 바뀌어 어떤 애를 알게 된 이후부터는 평범한 게 너무 싫어져서 좀 움직이기로 했어. 나를 바꾼 그 애는 1학년 때 아는 사람의 적을 공격하려고 어떤 대학에 잠입해서 큰 소동을 벌인 적이 있었는데, 우리 학교에서는 꽤 유명했었지. 우리 다섯 명은 그냥 사이 좋은 친구로만 남고 싶진 않았어. 그래서 사람 돕는 일을 시작했어. 처음에는 반 친구를 위해 치한이나 스토커를 잡기도 하고, 누구에게도 밝힐 수 없는 고뇌를 가진 아이의 의논 상대가 되어 주기도 했었어. 그러는 사이에 점점 동지가 늘어나고 그에 따라 우리에게 들어오는 상담 내용도 더욱더 심각한 것이 많아졌어. 그러다 보니 필연적으로 P에 이르렀던 것뿐이야."

나는 동요를 억누르면서 리츠의 건너편 벤치에 걸터앉았다. 리츠의 눈길이 무엇을 의미하는지 이제는 알겠다.

"그나저나, 네 출신학교는?"

결국 모든 행동은 어떤 형태로든 정확히 자신에게로 되돌아온다. 그것이 젊은 치기에서 나온 것이라 해도 벗어날 수 없다. 나는 체념하고 물었다.

"오카모토 씨는 잘 있지?"

"가나코는 오카모토 씨라 부르는 당신들의 거리감이 너무 좋다고 했었어."

리츠는 살짝 입가에 미소를 머금었다.

"가나코는 지금 미국에 있어."

"유학?"

"응, 그런 거지."

리츠의 목소리에 약간의 그림자가 드리워져 있었다.

"무슨 일이라도 있었어?"

리츠는 짧은 침묵을 거쳐 대답했다.

"여러 가지 일들이 있어서, 3학년 올라가자마자 학교를 그만두고 친척이 사는 미국으로 갔어."

"여러 가지라면?"

"여러 가지는 그냥 여러 가지인 거지."

"알았어. 나중에 내키면 알려 줘."

"걱정 안 해도 돼. 저쪽에서 즐겁게 사는 것 같으니까. 거기엔 좋은 것, 나쁜 것, 하고 싶은 것 뭐든 다 있다고 했어. 물론 물질적인 의미가 아닌. 어쩌면 이제 일본에는 다시 안 올지도."

리츠의 얼굴이 쓸쓸하게 흐려졌다. 따스한 5월의 햇살에 어울리지 않는다. 화제를 바꾸기로 했다.

"언제 나를 기억해 낸 거야?"

"어제 학교에서. 지금 축제 기간이거든."

"그렇지만 오카모토 씨와 나를 어떻게 연결한 거야? 오카모토 씨는 우리의 정체를 몰랐을 텐데."

리츠는 어이없다는 표정을 지었다.

"우리 학교 애랑 움직여 놓고 정체가 드러나지 않으리라 생각했어?"

또다시 과거가 되돌아왔다.

"낙담했을 거야, 오카모토 씨."

"전혀. 가나코한테 당신들은 특별했던 것 같아. 여고 축제에 난입하는 변태 놈들이라도 괜찮을 만큼."

아주 어폐가 있는 말투였지만, 내가 난처한 상황인 만큼 반론은 포기하고 앞으로 나아가기로 했다.

"왜 내 선생님한테 배우고 싶어? 당장 아무 도장이나 찾아가면 될 텐데."

"갔었지. 그렇지만 기초훈련 같은 미지근한 것밖에 가르쳐 주지 않아. 친구들하고 이렇게 저렇게 연구해서 훈련해 보았지만, 지난번에 그 한계를 깨달았어. 너의 싸움 방식은 실전에 적합했었어. 난 너처럼 싸우는 법을 배우고 싶어."

"폭력으로는 아무것도 해결할 수 없어."

"강간당한 아이들한테 그런 말 할 수 있어?"

말이 나오지 않았다. 리츠는 캔 커피를 두 손으로 꾸욱 잡았다.

"나랑 싸울 때 일부러 얼굴을 노리지 않았잖아. 대부분의 남자는 너처럼 힘을 정확히 조절하지 못해. 자신보다 약한 상대에게는 특히 심하게 폭력을 휘두르지. 우리는 그런 놈들에게 둘러싸여 살아남아야 해."

세상엔 그런 남자만 있는 게 아닐 터이다. 그렇게 반론하고 싶었지만, 그만두었다. 요즘 들어 나쁜 샘플을 너무 많이 봤다.

"말해 두겠는데, 네가 봐준 것에 고마워하지는 않아. 나는 얼굴을 당해도 아무 상관없으니까. 사람에게 폭력을 휘두르면서 정작 나는 아무 상처도 입지 않겠다는 달콤한 생각은 하지 않거든. 다음에 싸울 때는 마음껏 노려도 돼."

나는 그저 입을 다문 채 아주 멋진 여자에게 반하는 중이었다. 리츠는 다시 미간에 주름을 잡았다.

"뭐야. 기분 나쁜 그 표정은."

"다음 훈련은 이번 주 목요일. 그때 선생님을 소개해 줄게."

멋지면서도 입이 거친 여자의 얼굴이 환하게 밝아지면서 그제야 나이에 걸맞은 어린 티가 났다. 나도 마음이 푸근해져 가볍게 숨을 내쉬었다.

훈련 시간과 장소를 리츠에게 전했다. 선생님 이름은, 하고 묻기에 람보 씨라고 대답하자, 리츠는 장난치는 거야? 라는 표정으로 나를 노려보았다. 정문으로 걸어가면서 람보 씨의 간단한 경력을 알려서 오해를 푼 다음부터는 대화가 끊어지고 침묵이 이어졌다. 어쩐지 어색한 기분이 들어 일부러 물었다.

“이제 학교에 가는 거야?”

“갈 리 없잖아. 일요일인데.”

“축제 마지막 날이잖아.”

“어제 얼굴을 내밀었으니까 괜찮아. 원래 좋아하지 않았어, 그런 거. 너나 거기 가서 난동을 부려 보는 거 어때?”

무슨 말을 해도 비꼬아 버리는 통에 그냥 입을 다물기로 했다. 리츠는 때로 키가 큰 나무 우듬지로 시선을 던지면서 부신 듯 눈을 가늘게 떴다.

정문에 이르자 리츠는 입구 곁의 주륜장에서 섬정색 혼다 호넷을 끌고 나왔다.

“오토바이 타?”

풀 페이스의 검정 헬멧을 쓰다가 손길을 멈추고 리츠가 물었다.

“면허는 있어. 그렇지만 돈은 없어.”

리츠는 짧게 웃었다.

“이름은?” 하고 내가 물었다.

“진짜 이름.”

리츠는 순간 이상하다는 듯이 나를 보다가 금방 대답했다.

“리츠.”

포기하고 가볍게 숨을 내쉬자 리츠는 호주머니에 든 캔 커피 하나를 내게 마저 넘겨주고 웃음을 머금었다. 캔 커피에는 리츠의 온기가 남아 있었다.

리츠가 질풍처럼 사라진 다음, 집에 돌아가서 기면을 취했다. 5시에 깨어나려 했지만 잠에 못 이겨 6시를 훌쩍 넘겨 침대에서 일어났다. 15분 정도 외출 준비를 하고 애차를 밟아 기타자와 집으로 향했다.

한 시간도 되지 않아 기타자와 집에 도착했다. 문에는 아직도 낙엽이 끼인 그대로였고 창을 가린 커튼 모양도 지난번과 다름없었다. 살짝 가슴이 술렁거렸다. 불현듯 집 안에 널브러진 세 구의 시체 이미지가 눈앞에 떠올랐지만 바로 지워버렸다.

집으로 돌아와 유키에게 전화를 걸었다. 아무런 진척이 없다는 사실을 알리고 내일 대학에서 만나기로 약속했다.

10 *!!*

오후 1시가 넘어서 대학에 도착했다. 우중충한 하늘 아래 월요일 캠퍼스를 오가는 학생들의 얼굴도 어쩐지 가라앉아 보였다. 식당에 가서 캔 커피를 사고 늘 하던 대로 벽 쪽 테이블로 걸어가는데 이미 유키가 와 있었다. 약속 시간 20분 전이다.

"빨리 왔네."

디팩을 테이블 위에 올리면서 건너편 자리에 앉았다.

유키는 읽고 있던 형법 책을 덮었다.

"교과서를 열심히 읽는 대학생은 처음 봤어."

유키는 가볍게 웃은 다음 망설임 없이 말했다.

"가능하다면 재학 중에 사법시험을 통과하고 싶거든."

"목표는?"

"변호사."

“될 거야, 반드시.”

“고마워. 넌 뭘 할 거야?”

“완전 백지. 목표가 확실하다니, 정말 부럽네.”

“취직은?”

“안 해, 아마도.”

“그럼 대학에 들어온 목적은?”

문득 유키라면 야노에게는 말하지 않았던 것을 말해도 좋지 않을까 했지만, 역시 그만두었다.

“시간 죽이기랄까.”

유키는 한층 부드러운 눈길로 말했다.

“잘은 모르지만, 넌 이미 뭔가가 되어 있는지도 몰라.”

“그게 무슨 뜻인데?”

유키는 대답 대신 웃음으로 넘겨 버리고 책을 옆 의자에 내려놓은 가방 안에 집어넣었다. 그리고 반으로 접힌 하얀 종이를 꺼내 내 앞에 내려놓았다.

“혹시나 해서 가지고 왔어.”

종이를 들어 펼쳤다. 신문의 텔레비전 프로그램 편성표를 복사한 것이었다. 날짜는 11월 3일. 오후 11시께 방송된 프로그램 부분에 이미 빨간 펜으로 선이 그어져 있었다.

“거기 실린 프로그램 중 하나를 유토가 보았던 거야.”

나는 편성표를 제대로 살펴보지도 않고 테이블에 내려놓은 뒤 유키를 보았다. 유키는 뭔가를 느끼고 표정을 굳혔다.

"네 말대로 기타자와에게 무슨 일이 있었던 것 같아. 어쩌면 부모까지 휘말려 들었을지도."

유키의 얼굴에 순간 구름이 끼었다.

"네가 여전히 기타자와의 행방을 알고 싶다면 가능한 한 빨리 경찰에 가서 의논하는 게 좋아."

"그 말은, 아주 심각한 상황이라는 거야?"

"객관적인 증거는 아무것도 없어. 어디까지나 나의 직감이야."

유키는 시선을 떨구고 생각하기 시작했다. 유키가 더는 부담을 껴안을 필요는 없다. 기타자와를 내팽개친다 한들 책임을 느낄 이유도 없다. 그렇지만.

"알았어. 경찰과 의논해 볼게."

유키는 똑바로 나를 쳐다보고 말했다.

비합리적인 결단의 이유는 듣지 않아도 안다. 친구니까.

"넌 좋은 변호사가 될 거야."

유키는 살짝 겸연쩍어하다가 곧 정색을 하고 말했다.

"그치만, 경찰이 상대해 줄까?"

"안 되면 내가 어떻게든 해 볼게."

"어떻게든, 이라면?"

"사건화하면 경찰도 무거운 몸을 움직이겠지. 사실은 사람을 찾는 것보다 사건을 만들어 내는 게 내 특기거든.”

유키의 눈에 힘이 들어가는 듯한 느낌이 들었다. 아니면 눈살을 찌푸리려 한 것인지도 모른다.

“걱정하지 마. 번잡한 일은 만들지 않을 테니까.”

유키는 곧장 미소를 띠우고 말했다.

“아냐, 어차피 이렇게 된 거 네가 생각하는 번잡한 소동을 보고 싶기도 해. 이때다 싶으면 생각한 대로 마음껏 해 줘.”

웃음으로 긍정 사인을 보내는 순간, 머리에 붕대를 감은 남자가 내 시야에 들어왔다. 걸음마다 불쾌한 표정을 더 깊이 새기면서 우리 테이블로 다가온 누마구치는 유키를 힐끗 보더니 곧 나를 노려보았다.

“시다 씨가 불러.”

“깨지지 않았나요, 안경.”

누마구치의 눈빛이 불쾌에서 증오로 옮겨 갔다.

“가자니까. 시다 씨 기다리게 하지 말고.”

“안 갑니다. 나는 볼 일이 없으니까.”

발작이라도 하지 않을까 했지만 누마구치는 볼을 뒤틀며 냉소를 띠었다.

“기타자와 건인데 괜찮은 거야?”

유키의 강렬한 시선을 느끼면서도 무시해 버렸다.

“정보는 없다고 들었는데.”

"너라면 그런 상황에 순순히 말을 하겠어?"

"왜 심경에 변화가 일어났을까요?"

"그건 시다 씨한테 들으면 돼."

여기서 더는 망설일 필요가 없었기에 유키를 향해 말했다.

"아까 말했던 그거, 좀 기다려 줘."

유키는 고개를 끄덕였다. 표정에는 긴장과 불안이 떠올라 있었다. 나는 그것을 완화해 주기 위해 웃음을 지으며 "나중에 연락할게" 하고는 텔레비전 프로그램 편성표 복사물을 들고 자리에서 일어났다.

식당 건물을 나와 중정으로 들어가서 서교사 쪽으로 걸어갔다. 누마구치는 말없이 잰걸음으로 나를 이끌었다. 견갑골 언저리에 분노가 잔뜩 웅크리고 있음을 알 수 있었다. 발길을 서두르는 누마구치와 나란히 발을 맞추며 물었다.

"머리, 괜찮으세요?"

누마구치는 30년 넘은 원수라도 바라보는 듯이 나를 째려보았다.

"너, 나를 조롱하는 거지."

"진심으로 걱정돼서 하는 말입니다."

누마구치는 그 수법에 넘어갈 줄 알아? 하는 표정으로, 정확히 그렇게 내뱉은 다음, 다시 앞을 향했다.

“병원에는 가 봤습니까? 혹시 구역질이 이어진다면 뇌파검사를 해 보는 게 좋을 겁니다.”

누마구치의 발걸음이 조금 느려졌다.

“좋은 병원을 아니까 필요하면 언제든 말해 주세요.”

누마구치의 발걸음이 산책 수준으로 바뀌었다. 진의를 의심하긴 해도 시다에게서는 절대로 들을 수 없는 세심한 말에 마음이 누그러졌을 것이다.

“복싱을 할 때 도움을 받은 병원인 모양이지.”

누마구치는 계속 앞을 바라본 채 말했다.

“벌써 조사해 봤군요, 사이에칸 졸업생 명부. 내가 식당에 있다는 건 어떻게 알았어요?”

누마구치는 코웃음쳤다.

“이곳은 시다 씨의 안마당 같은 곳이야. 잡어나 짱돌 하나라도 시다 씨의 눈길에서 벗어날 수 없어.”

머리를 쥐어박아 주고 싶었지만, 기분이 좋아 보일 때 꼭 물어 두고 싶은 것이 있었다.

“기타자와를 어떻게 생각하세요?”

“시다 씨의 금붕어 똥.”

누마구치의 목소리에 날이 섰다.

“아니, 똥 이하지.”

“뭘 하다가 똥 이하가 되어 버렸나요?”

누마구치가 갑자기 발걸음을 멈추어서 나도 그 자리에 섰다.
"너, 어느 조직 아래서 움직이는 거야?"
"무슨 뜻입니까?"
누마구치는 다 안다는 듯 입가에 미소를 머금더니 대답도 하지 않고 다시 발걸음을 뗐다.

서교사로 들어가 지하 1층으로 내려갔다. ESSC 방 앞에는 이전과는 다른 고릴라 두 마리가 서 있었다. 고릴라 두 마리는 떨떠름한 눈길을 슬쩍 던질 뿐 딱히 위협은 하지 않았다. 이놈들, 예절교육을 잘 받은 것 같다. 누마구치가 노크를 했다. 들어와, 라는 조련사의 대답이 떨어져 누마구치와 함께 방으로 들어갔다. 지난번과 똑같은 차림을 한 시다는 원숭이 스티커가 붙은 랩톱의 키보드를 빛의 속도로 치는 중이라 이쪽을 바라보지 않았다. 싸구려 알루미늄 파이프 탁자와 의자에서 작업을 해도 어딘가 고급스럽다. 역시 단순한 이벤트 꾼이라 볼 수 없는 분위기가 풍긴다.
"넌 밖에서 기다려."
손길을 멈추지 않은 채 시다가 말했다.
누마구치가 나가고 비틀린 경첩 소리를 내면서 문이 닫혔다.
"잠깐이면 끝나."
시다는 그리 말하고 입가에 어렴풋이 미소를 머금고는 말했다.

"앉아서 기다리도록 하지, 미나가타 군."

내 이름을 부름으로써 시다는 카운터를 먹였다고 생각한 건지 모르겠지만, 타격은 없었다. 늦건 빠르건 내 정체는 언젠가 드러나게 되어 있다. 다만 문제는 어떻게 조사를 했느냐라는 것이다. 학생 식당에 있다는 것을 안 것과 마찬가지로.

"엄청난 깡통 학교 출신이더라. 신통하게도 우리 학교에 들어왔네."

객관적 사실이라 긁히지 않는다. 화라도 내 줘야 하나?

"친구는 여전히 육체노동 같은 걸 하면서 사회의 저변에서 열심히 살아가?"

이번만은 화가 치밀어서 타닥타닥 아주 바쁘게 움직이는 손가락을 두세 개 꺾어 버릴까 하다가 겨우 참았다. 시다는 손놀림을 멈추고 내 쪽을 보았다. 교활한 웃음기를 입가에 머금은 채였다. 그 작위가 시다의 숨겨진 양심 같은 것이라는 느낌이 들었지만 그리 생각하게끔 하는 것도 하나의 계산일지 모른다.

"용건은?"

"기타자와의 현재 위치를 알아냈지."

눈앞에 엉성한 소쿠리와 뾰족한 말뚝 같은 원시적인 덫이 보였다. 아주 게으른 참새도 코웃음 칠 만큼 투명한 그 속내에 대해 물어본들 시다가 제대로 대답할 리 없다. 결국 선택지는 하나밖에 없었다.

"어디 있는데."

시다의 웃음이 화악 피어났다.

"핸드폰 있어?"

"없어."

시다는 "어이!" 하고 문을 향해 외쳤다. 즉각 문이 열리고 누마구치가 나타났다. 메모할 거, 라는 명령에 빈손이었던 누마구치가 흠칫 당황하다가 다음 순간 부산히 움직여 여기저기 흩어져 있는 복사용지와 볼펜을 끌어모아 시다에게 건넸다. 측근 또는 잡무 담당으로는 만점짜리 대응이었지만, 애석하게도 볼펜 잉크가 말라 있었다. 시다가 혀를 차더니 볼펜을 테이블 위에 던지자 쨍, 소리가 났다. 누마구치는 몸을 잘게 떨었다. 시간과 마음의 여유만 있었더라면 언제까지고 보고 싶은 콩트였다. 나는 가까운 캐비닛 선반에 놓인 볼펜을 집어 시다에게 던졌다. 멋지게 받아 낸 시다는 복사용지에 뭔가를 적기 시작했다. 누마구치는 나를 원망스러운 눈으로 바라본 다음 스윽 몸을 돌려 문밖으로 나갔다. 다 적은 다음 시다는 복사용지를 내 쪽으로 밀었다. 복사용지를 집어 들고 보니 대학에서 그리 멀지 않은 아파트 주소와 방 번호, 네 자리 숫자, 거기에 핸드폰 번호가 적혀 있었다.

"네 자리는 출입문 비밀번호야."

“불법침입이 아니면 들어갈 수 없는 상황이란 건가?”

“우리 동아리 여자네 집에 틀어박혀 여러 가지로 즐기고 있는 모양이야.”

뭔가를 암시하는 말투였다.

“어디 한번 정직하게 벨을 눌러 봐. 퍽이나 반갑게 문을 열어 주겠군.”

“어디서 얻은 정보야?”

“그걸 알아서 뭐 어쩌려고?”

하긴 맞는 말이다.

“겁이라도 먹은 거야?”

도발적인 웃음.

“같이 가 줄까?”

“사양할게. 같이 걷는 사람은 내가 신용하는 놈만으로 정해 두었거든.”

“바람직한 자세로군.”

복사용지를 반으로 접었다.

“나에 대해서는 어떻게 알았어?”

시다는 웃음기를 띤 입가를 좀처럼 움직이려 하지 않았다.

복사용지를 한 번 더 접었다.

“식당에 있다는 걸 어떻게 알았어?”

시다는 충분히 뜸을 들이며 거들먹거린 다음, 웃음기를 눈

가로 옮기고 입을 움직였다.

　“일이 끝나면 거기 적힌 번호로 전화 줘. 여러 가지로 이야기나 나누자고.”

11 ✗

도서관 락커에 디팩을 넣고 서문으로 나와 그대로 서쪽으로 진로를 잡았다. 시다에게 받은 종이에는 미나미아자부의 주소가 적혀 있었다.

저층에다 옆으로 긴 현대식 토치카 같은 고급 아파트가 양쪽에서 위압적으로 내려다보는 일방통행로를 거슬러 올라갔다. 극단적으로 사람 통행이 적은 길로, 스쳐 지나간 사람은 양복 차림의 남자 둘뿐이었다. 아마 어느 나라의 대사관 직원일 것이다. 두 사람 다 야구배트의 절반 정도는 될 법한 크기의 스타벅스 텀블러를 들고 있다. 혹시 그 안에는 스파이 세트라도 들어 있으려나.

애차를 밟아 이쪽저쪽 달리다 보니 대부분의 장소는 감으로 갈 수 있을 정도가 되었지만, 만일을 위해서 여기저기 설치되어 있는 지도안내판으로 방향을 확인하면서 나아갔다. 이윽고 수도 고속도로가 나타났다. 후루가와로 연결되는 미노하시를 건너 아자부로의 교차로에 맞닥뜨리고 미나미아자부로 들어갔다. 앞으로 5분 정도면 목적지에 도착할 것이다. 기타자와가 거기 있을 거라고는 생각하지 않지만, 완전히 관계없는 장소는 아닐 게 분명하다. 시다가 무익한 장난질을 할 리 없다.

아자부로에서 서쪽 블록 구석까지 나아가 목적지로 이어지는 가늘고 느슨한 오르막길에 들어섰다. 오르막 도중에 왼편에 있는 절 경내가 내려다보였다. 묘비석이 빈틈없이 빼곡 들어찼다. 생전에 전차로 출퇴근하던 저승사자라면 넌더리가 날 것이다.

오르막을 다 오르자 작은 사거리가 나왔다. 목적지인 아파트는 그 모퉁이에 있었다. 3층 건물로 세련된 외장의 빈티지 아파트. 그 곁을 지나가기만 해도 관리비 독촉을 받을 것 같은 분위기. 통학에 편리하다고 돈 많은 부모가 딸에게 마련해 준 아파트 한 구석. 거기서 되는 대로 시간을 죽이는 농땡이 남녀 대학생. 시다의 정보를 뒷받침하는 상상이 연이어 환기되고, 기타자와가 정말로 있을지도 모른다는 희미한 기대가 싹텄다.

입구 곁의 관리실 작은 창에는 '순찰중'이라는 플레이트가 걸려 있었다. 대리석 토대에 틀어박힌 현관문에 비밀번호를 입력하자 투명한 유리문이 속절없이 스르르 열렸다. 반들반들한

대리석 바닥을 미끄러지듯이 나아갔다. 입구에서 엘리베이터 홀까지 열다섯 걸음이나 걸어야 했다. 1층에서 나를 기다리는 상자에 들어가 3층 버튼을 눌렀다.

3층에는 방이 하나뿐이었다. 여기 오는 동안 숙고하여 세운 최종 방책은 '인터폰을 누른다'였다. 응답이 있으면 있는 대로, 없으면 없는 대로 거기서 승부를 건다. 다시 말해 초인종 누르고 도망치기의 변형 버전이다.

인터폰으로 손을 뻗으려 하는데 문 저편에서 소리가 들렸다. 반사적으로 움직여 복도 끝에 있는 문으로 재빨리 피했다. 아마도 비상계단으로 이어지는 문일 것이다. 문 앞 기둥 그늘에 몸을 숨기는 것과 거의 동시에 방문이 열렸다. 방에서 나온 것은 회색 티셔츠에 청바지, 하얀 스니커즈 차림의 젊은 남자였다. 단발에다 키가 작고 통통한 체형으로 한쪽 어깨에 디팩을 걸쳤다. 남자는 잰걸음으로 엘리베이터 홀 쪽으로 사라졌다. 내가 있는 장소에서는 거의 뒷모습밖에 보이지 않았지만 기타자와가 아닌 것은 분명했다. 기둥 그늘에 몸을 숨긴 채 직전의 상황을 되새겨 보았다. 틀림없다. 남자는 문을 잠그지 않았다. 호텔처럼 자동이 아니라면 문은 열릴 것이다.

다시 방문 앞에 섰다. 불법침입을 결행해야 할지 말아야 할지 망설이는데 유키의 말이 머릿속을 쏜살처럼 가로질렀다. 범죄나 다름없는, 약을 섞은 술, 강간. 이곳은 기타자와와 여자의 질펀한 사랑의 소굴이 아니라 비열한 놈들이 모여드는 악의 소굴일지도 모르고, 지금 그 악행을 저지르고 있을 가능성이 있다. 그리고 그 가운데 기타자와가 있을 가능성도.

윤리적인 충동이 법률적인 억압을 물리치자 자연스럽게 손이 문손잡이 쪽으로 뻗어 나갔다. 가능한 소리를 내지 않게 문을 열자 작은 텐트를 쳐도 될 만한 넓이의 현관이 나타났다. 바닥에 신발 세 켤레가 나란히 놓여 있다. 두 켤레는 스니커즈이고 하나는 부츠. 모두 남자 사이즈다. 복도 끝에 안개 유리가 달린 문이 있고, 그 건너편에서 귀에 이은 음악이 들러 왔나. 슈베르트의 〈송어〉. 경쾌한 피아노 반주와 섹시한 남자의 노랫소리. 악행을 저지르며 듣기에는 어울리지 않는 배경음악이다. 오페라의 아리아를 흥얼거리며 인체실험을 행했다던 나치스의 의사 이야기가 떠올랐다. 낭랑하게 울리는 독일어 가사 때문인지도 모른다.

자, 어떻게 할까. 아니, 망설일 것도 없다. 일단 문 저편의 상황을 확인해야 한다. 그다음은 어떻게든 될 것이다. 아마도.

현관문을 살짝 닫으면서 안으로 들어섰다. 신발을 벗어야 할까 말아야 할까. 고작 몇 초 망설이는 동안 돌연 문 바깥에서 잦은 발소리가 들려왔다. 대응할 겨를도 없이 현관문이 확 열렸다. 어딘가로 떠났어야 할 디팩 남자가 나를 보고 놀라 "엇!" 소리를 내면서 몸을 움찔했다. 나는 남자의 멱살을 잡고 억지로 안으로 끌고 들어왔다. 문 닫는 소리가 괜히 더 세차게 들렸다. 나는 남자의 뒤로 돌아들면서 왼손으로 남자의 왼쪽 손목을 뒤로 비틀어 꼼짝 못하게 만들고, 오른손으로 남자의 입을 막는 동작을 동시에 수행했다. 그리고 인질이 된 남자의 등에 찰싹 달라붙어 앞으로 밀고 나아가면서 안으로 들어섰다. 눈앞의 문으로 재빨리 다가가자, 음악이 멈추었다. 불길한 징후다. 남자의 손목에서 떼어 낸 왼손으로 문을 세차게 열어젖혔다. 방 안쪽으로 문이 열린 순간에 남자를 안으로 힘껏 밀어 넣었다. 남자는 다리가 꼬여 뒤뚱거리더니 디팩째로 바닥에 굴렀다.

영세한 유도장 정도의 영업을 해도 좋을 만한 넓이의 거실. 중앙에는 킹사이즈 침대만 한 크기의 낮은 테이블. 그 세 변에는 제각기 퍼질러 앉아 놀라움과 불안이 뒤섞인 눈길로 나를 바라보는 세 명의 젊은 남자가 보인다. 아마도 대학생. 방의 네 모서리에는 풀 가동 중인 묘비석 같은 공기청정기. 그래도 완전히 사라지지 않은 달콤한 향신료 같은 냄새. 냄새의 근원은 테이블 위의 조그만 더미로 추정된다. 불법약물을 해설하는 잡지 기사에서 본 적 있는 황록색 풀더미. 그리고 남자들 앞에는 커피밀과 손바닥 크기의 지퍼백들. 아무래도 이곳은 대마 출하 공장인 듯하다. 베란다로 통하는 커다란 창이 있음에도 커튼을 치지 않은 것으로 보아 남자들에겐 범죄현장이라는 자각이 없는 것 같지만.

동아리 여자의 집? 여러 가지로 즐기고 있어? 웃기고 있네. 시다를 향한 분노로 머리가 뜨거워지려 했지만 기타자와에게 대마를 권유받았다는 유키의 말이 머리 한구석에서 되살아나, 침착해야 해, 라고 스스로를 달랬다.

"기타자와는 어디 있어?"

네 명의 남자들 중 누구에게랄 것도 없이 물었다. 기타자와라는 말에 반응하지 않는다면 그냥 철수할 생각이었다. 네 명의 남자들 눈매가 갑자기 험악해졌다. 바다에 쓰러진 디팩 남자가 몸을 추스르면서 동료들 쪽으로 눈길을 돌렸다. 네 명의 남자들은 제각기 시선을 주고받더니 작게 고개를 끄덕였다. 디팩 남자가 디팩으로 손을 뻗었다. 다른 세 명도 테이블 아래로 손을 밀어 넣었다. 3초 뒤, 네 명의 손에는 스턴건이 들려 있었다. 도라야의 작은 양갱만 한 사이즈로, 아마 전압은 100만 볼트 이하. 휴대용 스턴건은 기습만 아니면 대처하기 쉽다. 움직이는 상대에게 작은 전극부를 갖다 대는 것은 생각보다 어려우니까. 그렇다고는 해도 재빨리 뒤로 돌아서 철수하는 길 대신 일부러 대결하는 길을 택했다. 왜냐고? 숫자만 믿고 달려드는 놈들에게 등을 보이고 싶지 않았기 때문이다. 물론 이러한 무익한 철학에는 반드시 상응하는 대가가 따른다.

네 명의 남자들이 한꺼번에 움직이기 시작했다. 이놈들은 액션 영화도 본 적이 없나. 이럴 때는 하나씩 달려드는 게 불문율이잖아. 가장 가까이 있던 디팩 남자가 스턴건을 든 오른손을 들이밀면서 동료들보다 한 걸음 빨리 공격권 내로 들어왔다. 내가 왼발을 비스듬히 왼쪽으로 내딛는 것과 거의 동시에 방금 내 얼굴이 있던 장소에 스턴건이 도달했다. 오른쪽 귀 바로 곁에서 '치치치치' 하는 불쾌한 방전음이 울렸다. 맥박이 급속도로 올라간다. 전극부가 궤도수정을 하고 내 쪽으로 돌아오기 전에 재빨리 오른쪽으로 걸음을 옮긴 다음, 디팩 남자의 오른쪽 어깨에 몸을 부딪쳐 그 동료들에게 밀어 버렸다. 균형을 잃은 디팩 남자는 동료들 앞에서 비틀거리며 잠시 동안이나마 적의 발목을 잡는 방패 역할을 해 주었다. 그 틈을 타서 바닥에서 남자의 디팩을 집어 들고 네 명의 남자들과 마주 섰다. 디팩은 제법 무거웠다. 3킬로그램 정도일까. 태세를 고친 디팩 남자는 다시 오른손을 내밀면서 돌진해 왔다. 스턴건이 가슴 앞까지 스윽 다가왔다. 나는 두 손으로 디팩을 잡고 대각선 방향으로 힘껏 휘둘렀다. 디팩 남자는 아래턱에 디팩의 직격을 받아 그 자리에서 뻣뻣하게 멈춰 섰다. 나는 오른발을 재빨리 위로 올렸다가 디팩 남자의 왼쪽 무릎 관절에 발바닥을 꽂았다. 디팩 남자는 짧은 비명을 지르면서 쓰러지고 나의 시야에서 사라졌지만, 다음 순간 새로이 세 명의 남자들이 시야를 가득 메웠다.

즐거운 시간은 빨리 지나간다. 그렇게 세 명의 남자들과 엉켜 바닥에 넘어지고 스턴건 공격에서 벗어나기 위해 죽을힘을 다해 버둥거리다(그래도 허벅지와 옆구리에 몇 차례 가벼운 충격을 받았다) 어찌어찌해서 필사적으로 일어났을 때는 무슨 영문인지 내 손에는 디팩이 아닌 스테인리스 티슈 케이스가 들려 있었고, 세 남자는 바닥에 구르며 고통스러운 신음을 뱉어 내고 있었다. 하나는 코피를 줄줄 흘리고, 또 하나는 사타구니를 감싸고, 나머지 하나는 두 손으로 뒤통수를 눌렀다.

나는 격한 심장 박동과 호흡을 고르면서 여기저기 찌그러져 있는 티슈 케이스를 바닥에 떨어뜨렸다. 그리고 발아래 구르는 스턴건을 집어 들고 쓰러져 있는 디팩 남자에게 다가가 말했다.

"스턴건으로 눈을 지지면 어떻게 되는지 알아?"

스턴건을 응시하는 디팩 남자의 눈에 불안과 공포의 그림자가 짙게 깔렸다.

"솔직하게 말해. 기타자와는 어디 있어?"

"몰라. 우리도 찾는 중이야."

"찾는 이유는?"

"야채 매상을 가지고 도망쳐서."

야채? 나는 테이블 위의 대마 쪽으로 시선을 옮겼다가 다시 눈길을 되돌렸다.

"얼마."

"120만."

야채는 대마, 분명한 것 같다.

"언제 가지고 갔지?"

"2주일 전. 그쪽은 뭘 당했어?"

디팩 남자의 입가에 비웃음이 희미하게 떠올랐다.

"돈 가지고 튀었어? 아님 여자 문제?"

스턴건의 스위치를 눌러 짧게 방전음을 울리자 보기 싫은 웃음이 사라졌다.

"아까는 왜 돌아온 거지?"

"지갑을 잊어서."

디팩 남자는 퉁명스럽게 말했다.

나머지 세 사람의 시선이 이쪽을 향했다. 눈에 서서히 힘이 돌아오고 있었다. 다시 한번 푸닥거리를 할 만한 힘은 없어서 이만 물러서기로 했다. 만일을 위해서 스턴건을 든 채 거실을 나서려는데, 문득 테이블 위의 대마가 눈에 들어왔다. 몇 초 망설인 다음 방구석에 날아가 있던 남자의 디팩을 집어 들어 입구를 벌리고 거꾸로 세워 털었다. 형법, 민법총론과 각론의 기본서가 바닥에 떨어졌다. 두터운 기본서가 세 권이나 들어 있었던 것치고는 너무 가볍다.

"공부에 대한 열성이 대단한데."

내가 그렇게 말하자 디팩 남자는 "그렇지, 뭐" 하고 대답했다. 형법 기본서를 들고 적당한 페이지를 골라 펼쳤다. 예상한 대로 책장 대부분을 테두리 부분만 남기고 사각으로 오려낸 다음 그 빈 곳에 대마를 스무 봉지가량 채워 넣은 상태였다. 만에 하나 경찰의 불심검문에 대비하기 위함일 것이다. 스턴건을 뒷주머니에 쑤셔 넣고 테이블 위의 대마를 두 손으로 끌어모아 디팩 안에 쓸어 넣은 다음, 기본서들도 모두 집어넣었다. 남자들은 불안한 눈길로 바라만 볼 뿐 움직이려 하지는 않았다. 이후 보스에게 당할 질책을 떠올리며 몸이 뻣뻣하게 굳어 버린 것인지도 모른다.

방을 나서서 비상계단을 타고 내려오는데 뒷주머니에 스턴건을 꽂아 두었다는 게 떠올랐다. 발걸음을 멈추고 긴장을 풀고자 깊이 숨을 들이쉬었다. 스턴건을 디팩 안에 넣었다. 계단을 다 내려와 자전거 거치장을 지나서 아파트 부지를 나왔다. 일부러 집 방향과는 반대로 진로를 잡았다. 등 뒤를 신경쓰면서 걸었지만 따라오는 기색은 없었다. 짐승처럼 감각이 날카로운 경찰과 맞닥뜨리지 않기를 기도하면서 멀리 돌아서 미노하시에 도착했다. 수도 고속도로가 지붕처럼 덮여 있어 대낮인데도 어두컴컴하다. 다리 중간쯤까지 나아가 차 통행이 뜸한 틈을 노려 디팩을 강물 위로 던졌다. 시가로 얼마나 나갈까, 라는 생각을 하면서 디팩이 가라앉는 것을 끝까지 확인한 다음, 대학 방향으로 걷기 시작했다. 다리에서 멀지 않은 곳에 있는 공중전화 박스에 들어갔다.

"이제 네 이야기를 들을 차례야. 내가 기분이 좋아질 만한 말을 해야 할 거다."

시다가 전화를 받자마자 그렇게 말했더니, 겔겔겔 웃음소리가 되돌아왔다.

"만나서 이야기하자고. 지금 어디? 바로 갈 테니까."

분노가 치밀어 대답을 주저주저하다가 속으로 숨을 고르고 장소를 일렀다.

전화를 끊고 10분 뒤, 어울리지 않게 무시무시할 만큼 큰 엔진음을 내뿜는 새빨간 비츠(토요타 소형 해치백—옮긴이)가 공중전화 박스 앞에 멈춰 섰다. 조수석 옆 창이 열리면서 운전석에 앉은 시다의 모습이 나타났다.

"타."

조수석 문을 열고 차 안으로 들어갔다.

"안전벨트 부탁해."

"엔진을 튜닝한 건가?"

안전벨트를 매면서 물었다.

"레이스 사양으로 하드 튜닝을 한 V6 터보를 올렸지. 바디의 개성도 올렸고 서스펜션도 매만지고. 양의 탈을 쓴 치타라고 보면 돼. 부자 놈들이 타는 포르쉐나 페라리를 이걸로 찢어 주면서 즐기는 거지.”

시다의 눈과 입 끝에 가학적인 색채가 어렴풋이 떠올랐다.

“얼마나 처발랐어? 포르쉐나 페라리를 살 정도?”

시다는 캭캭캭 웃었다.

“뭐, 그렇지. 이게 진짜 사치라는 놈이지.”

시다가 액셀을 밟고 엔진을 공회전시키자 큰 짐승이 포효하는 듯한 소리가 울렸다.

“아주 화려하게 뒤집어 놓은 모양이군.”

차를 움직이자마자 시다가 말했다.

“어떻게 알았지?”

시다는 왼손으로 백미러를 잡고 내 쪽으로 돌렸다. 미러를 들여다보니 왼쪽 볼과 오른쪽 관자놀이에 오백 엔 동전만 한 붉은 상처가 비쳤다. 아드레날린이 억눌렀던 통증이 시각 탓인지 갑자기 욱신거리기 시작했다.

“자, 이제 말해 봐. 들어 줄 테니까.”

백미러를 제자리로 돌리면서 말했다.

“네가 잠입한 곳은 대마 판매 거점이야. 거기서 대마가 대학으로 운반되는 거지. 클래식 음악이 흘러나왔을 거야. 부하들의 마음을 안정시켜서 잡생각이 들지 않게 하려는 거지.”

시다는 켈켈켈 웃더니, 머리가 많이 나쁜 놈들이야, 하고 내뱉었다.

“왜 내게 거길 가르쳐 준 거지?”

“자네라면 화려하게 휘저어 줄 거라 생각했으니까.”

“영업 방해꾼을 골탕 먹이려는 건가.”

차가 빨간 신호 앞에 멈춰 섰다.

“내가 약이나 매만지는 멍청이로 보여?”

시다는 앞을 바라본 채 말했다. 목소리에 미량의 짜증이 섞여 있었다.

“하긴 골탕 먹인다는 게 틀린 말은 아니지.”

“무슨 목적이지.”

“약물을 캠퍼스에서 몰아내기 위해서. 대마 정도라면 그냥 봐줄 수 있지만 최근에는 코카인까지 돌아다니기 시작했어. 초장에 손을 보지 않으면 안 돼.”

“비토 콜레오네라도 된다는 거야?”

시다가 “뭔데, 그게” 하고 물어서 나중에 찾아보라고 대답하고 있는데 신호가 녹색으로 바뀌고 차가 다시 움직이기 시작했다. 금방 교차로가 나오고 좌회전을 해서 국도 1호선으로 들어섰다.

“그 방에 있던 놈들이 기타자와를 알아” 하고 시다가 말했다.

“대마를 판 돈을 들고 튄 모양이야. 그 사실을 알고 있었어?”

“기타자와는 거기 들락거리는 배달원 겸 판매자야. 그걸 알고는 바로 잘라 버렸어. 동아리에서 제명, 나의 반경 10미터 이

내 접근금지 명령까지 내렸지. 그 이후로 놈의 모습을 보지 못했어. 그러니까 돈을 갖고 튄 건에 대해선 난 몰라."

"자른 게 언제?"

"한 달 전."

"서둘러 자르지 않으면 안 될 만큼 가까이 있었다는 거네."

"그런 셈이지. 놈은 아주 부리기가 좋았어."

"어떤 식으로."

"얼굴. 놈이 가진 가장 큰 장점이야. 놈은 대학 내에서나 바깥에서 아주 질 좋은 여자를 끌어오곤 했으니까."

"삐끼 역할이로군. 여자를 굴려서 얼마나 벌었어?"

"제로. 여자를 굴려서 돈을 긁는 천박한 짓은 하지 않아."

확실히 시다가 자기 자신의 즐거움을 위해 여자를 조달받지는 않을 것 같았다.

"권력을 가진 노땅들에게 연결해 주고 줄을 만드는 거로군."

"왜 그런 생각을 하지?"

"너랑 똑같은 짓을 하는 놈을 본 적이 있으니까."

차가 빨간 신호에 걸려 멈추어 섰다. 시다는 어렴풋이 의구심 어린 눈길로 나를 바라보았다.

"나카가와 씨 말인가?"

괜시리 옛 생각을 불러일으키는 이름이었다. 놈과 엉킨 것이 그리 오랜 과거도 아닌데. 내가 대답을 하지 않자 시다는 입가에 냉랭한 웃음기를 띠었다.

"넌 아주 큰 착각을 하는 거야. 난 그 사람하고 완전히 달라. 여자는 동아리 회원 증가에 사용할 뿐이야. 요컨대 사람을 끌어들이는 판다 같은 존재지."

시다가 시선을 정면으로 돌리고, 신호는 녹색으로 바뀌었다. 차는 아직도 국도 1호선 위에 있다. 캠퍼스로 향하는가 했더니 서서히 거기에서 멀어져 갔다.

"그렇게 사람을 끌어모아서 뭘 해? 가지고만 있으면 저절로 학점이 잘 나오는 항아리라도 팔아?"

시다는 대답하지 않고 앞 유리창 저편을 지긋이 바라보면서 살풋 미소를 머금더니 나를 힐끗 바라보고 말했다.

"축제를 엉망으로 만들고 나카가와를 궁지로 몰아넣은 게 자네였지. 자네가 나온 고등학교 애들이 관련되어 있다는 소문은 들었지만, 이걸로 확인이 된 셈이네."

시다는 나의 반응을 엿보려는 듯 슬쩍 눈길을 주었다. 웃음기를 띤 얼굴을 보니 울화가 치밀었지만 휘말려 들고 싶지 않아 침묵을 지켰다.

"시침을 떼겠다는 건가. 뭐, 됐어. 언젠가 내킬 때 그 시절 이야기나 해 줘. 자네가 엄청 싫어하는 우리 학교에 들어온 이유를 포함해서."

차는 아카바네바시 교차로에서 좌회전했다.

"어디로 가는 거야?"

"다마 캠퍼스. 가 본 적 있어?"

"없어. 거기 가는 이유는?"

"약을 파는 대장을 만나러."

차가 수도 고속도로의 시바 공원 입구로 나아간다.

"그놈한테 기타자와에 대해 듣고 싶잖아. 그래서 데리고 가 주려고."

"놈도 대학생인가?"

"그럼."

"언제 만나기로 약속을 잡았지?"

"어제."

아무래도 나는 길잡이 역할로 이용당한 것 같다.

이제 어쩔 거야, 그런 표정이 시다의 옆모습에 떠올라 있었다. 기타자와라는 키워드가 나왔는데 차에서 내릴 수는 없었다. 하나에서 열까지 시다의 계산대로 움직이는 게 기분이 안 좋았지만, 지금은 이 흐름에 몸을 맡길 수밖에 없다. 나는 몸에서 힘을 빼고 시트에 몸을 깊이 묻었다. 차가 입구 게이트를 지나 추월차선으로 들어갔다.

"달릴 거야."

시다의 즐거운 목소리와 함께 차가 굉음을 뿜어 냈다.

12

시다는 시속 120킬로미터 이하는 죄악이라도 되는 듯이 무작정 액셀을 밟았다. 40분 정도 걸려 다마 캠퍼스에 도착했다. 규정대로 달렸더라면 한 시간은 족히 걸렸을 것이다. 도착하기까지 주고받은 대화는 한 번뿐이었다. 기분 나쁘면 말해. 괜찮아.

차는 정문을 지나서 확 트인 부지 서쪽 끝에 있는 육상경기장으로 향했다. 시다는 바깥으로 빙 둘러 조성된 주차 공간에 차를 대고 엔진을 끈 다음 나를 바라보았다.

"시나리오는 없어. 닥치면 닥치는 대로 승부를 보는 거야."

시다의 뒤를 따라 경기장으로 들어서자 100미터 정도 앞 필드 한가운데 서 있는 두 남자가 보였다. 발걸음을 옮기면서 경기장 전체를 둘러보았지만 우리를 제외하고 다른 사람은 없었다. 텅 빈 시간을 가려서 약속을 잡았는지, 아니면 이 만남을 위해 방해가 될 만한 사람들을 몰아내고 독점계약을 한 건지. 필드에서 만남을 추진한 이유는 아마도 도청을 피하기 위한 것이리라. 신경을 많이 쓴다. 이 정도 한다는 것은 약물 관련해서 꽤 많은 돈이 움직인다는 말이 아닐까. 남자들과 10미터 정도 앞까지 접근하자 시다가 킥킥킥 웃기 시작했다. 그리고 남자들과 2미터 정도 떨어진 장소에서 발걸음과 웃음을 멈춘 시다는 말했다.

"잘 어울려, 부장님."

배드민턴용 셔츠와 짧은 바지를 입은 비쩍 마른 장신 남자의 입술이 분노로 일그러졌다. 애당초 우리를 바라보는 눈이 증오심으로 이글거렸으니 새삼 말을 해서 무엇할까만. 이 남자가 대빵이고 비스듬히 뒤편에 서 있는 폴로 셔츠에 치노 바지 차림의 근육질은 측근이거나 경호 담당일 것이다. 두 사람 다 평균적인 대학생으로밖에 보이지 않을 정도로 깔끔한 외모다.

"물건을 돌려줘."

대빵이 말했다. 한껏 으름장을 넣은 목소리였지만 시바견이 짖는 소리 정도였다.

나는 시다 뒤쪽 비스듬한 방향에 서 있었다. 시다의 등에서 풍기는 당혹감을 느낄 수 있었다. 시다는 고개를 돌려 나를 바라보았다. 너 무슨 짓을 한 거야, 라고 그 눈길은 물었다.

"전부 강에 빠뜨렸지."

나는 대빵에게 말했다.

"지금쯤 뿅 가 버린 잉어가 폭포를 타고 오르는 환각에 빠져 있을지도 몰라."

대빵의 두 다리가 분노로 떨리는 것이 보였다. 달려들지 않는 것이 이상해 보일 정도로 흥분하여 숨을 가쁘게 몰아쉰다. 보기에는 가부키 여자역 배우처럼 부드럽지만 사실 그 안에 야쿠자가 깃들어 있을지도 모른다. 근육질 남자가 대빵의 귀에 입을 대고 낮은 소리로 뭐라고 속삭였다. 대빵은 그 말에 반응하지 않고 나를 있는 힘을 다해 노려보았다. 시다는 왜들 이러나, 라는 느낌으로 쓴웃음을 지으면서 가볍게 눈을 감았다가 앞으로 나아갔다.

대빵은 당장이라도 불을 뿜을 듯한 눈길로 시다를 응시한 채 말했다.

"손해는 메꿔 줄 생각일 테지."

"돈이라면 잉어한테서 받도록 해."

대빵이 분노에 차서 움직이려 했지만 근육질 남자가 어깨를 잡고 애써 움직임을 막았다.

"오늘 습격으로 알았을 테지만 너희의 판매 거점은 모두 드러났어. 경찰에 고발당하든지 철수하든지 한쪽을 선택해."

대빵은 여전히 적의를 노골적으로 드러낸 시선으로 우리 쪽을 바라보았다. 그러는 동안 호흡은 점점 가라앉아 갔다.

"이미 많이 벌었을 테고 대학 시절의 거친 추억도 만들었을 거야. 뒤에 있는 놈한테 넘겨주지 말고 완전히 철수하도록 해."

대빵은 가볍게 숨을 몰아쉰 뒤 어깨에서 힘을 빼고는 말했다.

"우리에게는 너의 개똥 같은 작자들이 저질러 놓은 악행의 증거가 수도 없이 많이 있어."

"그래서?"

"3천만. 그걸로 완전히 철수해 주지."

시다는 짧은 웃음을 날렸다. 그리고 10초 정도 침묵한 다음 천천히 오른손을 들어 올려 손바닥을 대빵 앞에 내밀었다.

"뭐야, 이거?"

대빵은 조금 동요하면서 말했다.

"나한테는 투시 능력이 있거든. 소문으로 들었을 테지. 지금 부터 너를 투시해 줄게."

"그런 거 안 해도 되니까 지금 당장 병원에나 가 봐."

대빵은 여유로운 목소리로 말했지만 얼굴은 명백히 뒤틀려 있었다.

시다는 꼼짝도 하지 않고 그냥 손바닥을 대빵을 향해 내민 채 서 있었다.

1초가 지날 때마다 대빵의 표정이 어두워지고 온몸이 굳어 간다는 것을 알 수 있었다. 근육질 남자에게도 긴장이 전염되어 불안하게 몸을 흔들어 댔다. 두 남자의 긴장이 한계를 넘어서려 했을 때, 시다가 천천히 손을 내렸다.

"취직 자리가 내정된 것 같네."

시다의 말이 떨어지자 대빵의 입술이 약간 떨렸다.

"주택론의 보너스 변제액이 늘어나 인사과에 근무하는 선배도 기뻐하겠지. 다나베 다테오, 쇼코, 마이."

대빵의 입술 떨림이 어깨까지 번져 나갔다.

"자네 아버지는 파견 여사원과 불륜 관계야. 어머니는 주식을 하다가 실패해서 대부업체 돈까지 끌어다 썼고, 여동생은 한 달 전에 유산을 했다지."

시다는 거기까지 말하고 잠깐 무겁게 가라앉은 시간이 지나기를 기다렸다가 말을 이었다.

"너뿐만 아니라 가족 모두를 파멸시키고 말겠어."

다나베의 얼굴이 갑자기 새파랗게 질렸고, 어쩐지 눈에 물기가 고인 것 같았다. 다시 숨결이 거칠어졌다. 다나베는 보이지 않는 시다의 손이 자신의 목을 조르고 있다는 사실을 깨달은 것이다. 이제부터 한참 동안은 숨 막히는 느낌에 사로잡힌 채 살아가야 한다. 다나베는 살짝 고개를 숙인 채 시다에게서 시선을 떼고 패배를 인정했다.

"다니구치, 너도 가족의 비밀을 알고 싶어?"

근육질 남자는 황망히 고개를 가로저었다.

"사흘 안에 거점을 철수하도록. 나흘 후에 학교 안에서 물건이 발견된다면 평생 일어서지 못할 곳으로 너를 몰아넣을 테니까. 알아들었어?"

다나베가 눈도 들지 못한 채 짧게 고개를 끄덕이자 팽팽하던 긴장감이 한꺼번에 풀어졌다. 시다가 나를 보고 턱을 가볍게 움직였다. 내 차례라는 뜻.

"묻고 싶은 게 있어."

내가 그렇게 말하자 다나베가 천천히 시선을 들어 올렸다.

"기타자와를 찾는 중이야. 매상금을 가지고 튄 놈이야. 있는 곳을 안다면 가르쳐 주면 좋겠어."

다나베의 얼굴에 조금 혈색이 돌아왔다.

"알 게 뭐야. 네가 납치한 거 아닌가."

"왜 내가 그런 짓을 할 거라고 생각해?"

시선으로 공격을 받은 시다가 응답했다.

"너를 협박해서 돈을 뜯어내려고 했다던데. 그렇잖아?"

다나베는 그렇게 말하면서 다니구치를 바라보았다.

"본인한테 그렇게 들었습니다."

다니구치는 희미하게 우월감이 배어든 말투로 대답했다.

"비밀을 폭로하겠다고 협박해서 돈을 뜯으려 하다가 실패했다고 말했습니다. 자칫하다가는 살해당할지도 모른다고 벌벌 떨었습니다."

두 사람의 얼굴에 가학적인 호기심 같은 것이 희미하게 떠올랐다.

"무슨 비밀인지 물어봤나?"

다니구치는 고개를 저으면서도 나를 바라보지는 않았다. 다나베도 그랬다. 두 사람의 시선은 시다에게만 쏠려 있었다. 둘의 얼굴이 공포의 색깔로 물들어 갔다. 내 위치에서 시다의 표정은 보이지 않았지만 변신 마술이라도 부려 귀신이나 악귀의 형상으로 보였을지 모른다. 뿔이 나 있을 수도 있다는 생각이 들어 그 옆얼굴을 들여다보고 싶은 충동이 일었지만 겨우 참았다.

"기타자와에게서 그 말을 들은 게 언제야?" 하고 내가 물었다.

다니구치는 시다에게서 시선을 떼지 않은 채 잠깐 생각하더니 2~3주 전이라고 했다.

"이제 슬슬 연습이나 해, 부장님."

시다의 목소리는 평온하기 짝이 없었다.

"부원들이 기다려."

두 사람은 동시에 짧은 안도의 숨을 내쉬고는 발길을 돌렸지만, 다나베만은 뭔가 아쉬운지 뒤를 돌아보았다.

"내 가족 일, 그거 진짜야?"

"가족회의라도 열어서 화기애애하게 이야기를 나눠 봐."

두 사람이 선수 출입구를 향해 터벅터벅 걸어가자 시다도 발길을 돌려 온 길을 따라 걷기 시작했다. 얼굴에는 분노의 잔해가 희미하게 달라붙어 있었다.

나는 곧장 시다를 따라가서 옆에 붙어 걸으며 물었다.

"그래서, 죽인 건가?"

시다가 캬캬캬, 웃어 젖혔지만 지금까지와 같은 여유는 배어 있지 않았다.

"내가 그런 이익도 없는 짓을 하겠어? 그런 쓰레기를 위해."

"비밀이란 게 뭔데?"

시다는 조금 발걸음을 빨리하면서 말했다.

"그 자식은 쓰레기였지만 어딘지 모르게 그냥 내버려둘 수 없는 분위기가 있었어. 그래서 한때 가까이 두었었지. 방심하고 쓸데없는 걸 많이 보여줬어."

"기타자와가 본 게 뭔데?"

시다의 발걸음은 더욱 빨라졌다. 눈 깜짝할 사이에 비츠 앞에 이르렀다. 시다는 뒷좌석의 문을 열고 안에서 랩톱을 꺼내서 고양이를 안듯 왼팔에 올리고는 덮개를 열어 키보드를 가볍게 두드리기 시작했다. 5초 후, 덮개가 열린 랩톱을 내게 건네주었다. 디스플레이를 절반으로 나누어 왼쪽에 비친 것은 캠퍼스를 걸어가는 몇 시간 전의 내 모습이었다. 학교 식당으로 갈 때 찍힌 영상일 것이다. 얼굴 전체에는 기하학 문양의 그물이 겹쳐 있었다. 그리고 오른쪽 절반의 상반부에는 대학 시험 때

원서에 붙인 내 얼굴 사진이 있고, 그 아래쪽에는 출신학교와 주소 등의 개인정보와 같은 데이터가 배열되어 있었다. 맨 아래에는 캠퍼스를 걸어가는 나와 해당 얼굴 사진이 동일 인물일 확률이 나와 있었다. 96%.

"2년 전, 대학은 교내 쉰두 곳에 방범 카메라를 설치했지. 나는 그 시스템에 들어가서 데이터를 확보해. 뭐, 그것뿐만이 아니라 다른 것도 여러 가지 제공받긴 하지만. 다만, 자네가 지금 보는 안면 인식 소프트웨어는 내가 직접 만든 오리지널 프로그램이야. 잠깐만 기다려 봐."

시다는 드러내 놓고 겁먹은 표정을 지었다.

"최악의 경우, 나를 두들겨 패도 좋으니까 이 랩톱만은 부수지 말아 줘. 오랜 세월 생사고락을 같이한 동지니까 말야."

과연 눈치 하나는 대단하다. 그때 5초만 더 늦었더라면 나는 진심으로 랩톱을 땅바닥에 내리꽂았을 것이다. 시다가 나를 향해 손을 내밀었지만, 나는 돌려주지 않고 물었다.

"기타자와는 네가 대학에서 데이터를 훔쳐본다는 걸 알고 협박했겠지. 맞아?"

"뭐, 그런 셈이야."

"얼마 달렸어?"

"천만."

"그래서?"

"놈을 제거할 목적으로 모아 둔 자료를 오히려 내가 내밀었지. 놈은 오줌을 지릴 만큼 놀라서 울며 매달렸지. 다시는 내 눈에 띄지 않겠노라는 서약을 받고 용서해 줬어."

"용서받은 놈이 왜 자칫하면 죽을지도 모른다고 했던 걸까."

"기세 좋게 나를 협박하는 데까진 좋았지만 나중에 자신이 얼마나 엄청난 짓을 저질렀는지 깨달았을 거야. 제 풀에 지린 거지."

시다는 다시 손을 내밀고 랩톱 반환을 요구했다. 나는 돌려주는 대신에 강렬한 눈길로 바라보았다.

"그 소프트웨어를 경찰청에 팔았고, 이제 곧 방위청에도 납품할 거야. 그 자식이 무슨 말을 지껄이건 아무도 믿어 주지 않을 테지만, 만일을 위해서 똥을 쌀 만큼 겁을 주어야겠다고 생각해서 말이야. 만일 쓸데없는 말을 지껄이다가는 나뿐만 아니라 국가 전체를 적으로 삼게 될 거라고 일러두었어. 그게 통했을 거야."

"기타자와가 돈을 필요로 한 이유는? 그 멋들어진 투시 능력으로 조사해 두었을 텐데."

시다는 아까보다 더 강렬한 의지를 보이며 손을 내밀었다. 나는 잠시 망설이다가 랩톱을 시다의 가슴에 던지듯 건넸다. 시다는 입술을 조금 비틀면서 받아 들더니 재빨리 키보드를 두드리고 이번에는 자신의 가슴 앞에서 화면을 들어 올려 작업물을 보여 주었다. 나는 화면에 비친 장면을 보고 곧장 손을 뻗어 랩톱을 닫았다. 화면을 닫자 비열한 웃음을 띤 시다의 얼굴이 나타났다. 주먹으로 얼굴을 뭉개 버리고 싶었지만 상대의 장단에 놀아날 필요는 없었다. 적어도 현시점에서는.

"그놈의 컴퓨터에 있는 사진이야. 거기 나온 귀여운 애는 쇼토쿠의 1학년이야."

시다는 여자전문대학의 이름을 댔다.

"두 달 전까지 우리 동아리 소속이었어. 그만둔 이유는, 바로 알겠지."

사진 속 전라의 그녀는 완전히 탈진해 의식을 잃은 듯이 보였다. 기타자와가 술이나 약물 또는 그 둘 다를 먹인 건지도 모른다. 시다가 말을 이었다.

"대부분의 여자라면 없던 일로 하고, 항의를 하더라도 사진을 보고는 울며 매달리는데, 이 귀여운 아이는 달랐어. 삼류 체육대학에서 유도를 하는 오빠에게 다 밝혔지. 뇌가 근육으로 똘똘 뭉친 오빠는 잘 아는 야쿠자와 함께 그놈을 협박하고 위자료를 요구했어."

"그 액수가 천만이란 건가."

"놈은 어떻게든 돈을 끌어모으려 한 것 같은데, 무리였어. 그래서 나를 협박하기로 했고, 그것도 실패하자 돈을 꿔 달라고 울며 매달렸어. 놈이 조금이라도 제정신이었다면 내 방식으로 도움을 주었을 텐데 거의 망가져 버렸으니까 말이야. 고작 협박당했다고 고분고분 돈을 지불하려 한 그 시점에서 놈은 이미 미래가 없는 멍청이에 지나지 않았어.”

“네가 쫓아낸 게 언제였어?”

“10월 19일.”

“그다음을 말해 봐. 감시했을 거잖아.”

“여기서 잘린 다음, 바로 아까 그놈들에게 접근해서 판매원을 시작한 거야. 처음부터 돈을 들고 튈 요량이었을 거야. 2주일 전에 결행했는데, 그 이후로는 나의 데이터에는 걸려들지 않았어.”

시다는 나의 침묵에 대해 과장되게 어깨를 으쓱했다.

“여기까지 속내를 다 드러냈는데도 그 쓰레기에 관해서만 거짓말을 할 이유 같은 게 내게 있다면 좀 가르쳐 줄래? 아마도 그놈은 지금쯤 바닷속 아니면 산속에 있을 거야.”

내가 노려보아도 시다는 전혀 주눅 들지 않고 말을 이었다.

“그놈이 모아 둔 나머지 사진들도 볼 테야? 놈은 자신과 똑같은 쓰레기와 어울리며 정복한 여자의 숫자를 경쟁하는 게임을 했어. 일주일에 한 번 증거 사진을 서로 보여 주고 승자를 결정하는 거지. 상품은 ‘킹’이라는 명예 하나. 놈은 게임을 시작한 이래로 줄곧 킹의 자리를 지켰어. 그만큼 원한을 샀을 테고. 놈이 살해를 당한다 해도 난 조금도 놀랍지 않아.”

"기타자와하고 놀아나는 놈들의 정보는 없어?"

"자네가 나타나자마자 놈들의 컴퓨터를 모두 체크했지. 그놈의 연락이 두절되는 통에 모두 패닉에 빠져 있더군. 다들 증거 사진을 삭제하고 잠시 얌전하게 지내자고 서약하고 그랬지."

시다는 미간을 찌푸리고 어이가 없다는 듯 미소를 머금었다.

"잠시 얌전하게 있자, 라니. 정말 머리 나쁘기로는 최고야. 아무튼 쓰레기들이 그놈의 행방을 모르는 것만은 분명해."

"사진 속 여자의 데이터를 넘겨."

시다는 순순히 키보드를 두들기면서 내게 물었다.

"데이터를 보낼 테니 메일 주소 말해 봐."

"말할 것 같아?"

시다는 순간 손가락을 멈추고 껠껠껠 웃었다.

"그게 정답이야."

"어떻게 동아리 회원들 컴퓨터에 접속할 수 있었지?"

"동아리에 들어올 때 기입한 메일 주소에 첨부파일을 보내기만 하면 돼. 파일은 회원규약이라 읽지 않으면 정식입회를 할 수 없도록 해 놨지."

"바이러스가 입회 특전인 셈이로군."

"뭐, 그런 셈이지. 우리 동아리에 들어오는 골 빈 애들의 컴퓨터에는 다른 사람들 메일 주소가 많이 들어 있어. 우리 회원은 600명이야. 개중에는 다른 대학 애들도 있어. 그게 무얼 뜻하는지 알 거야. 우리 대학만이라고는 해도, 나는 교직원 포함해서 모든 사람의 컴퓨터에 접속할 수 있어. 예외는 자네 같은 놈하고, 컴퓨터를 살 수 없을 만큼 가난한 애들 정도.”

시다는 눈에 웃음기를 담고 말했다.

“무슨 목적으로 남을 엿보는 거야? 혹시 그렇고 그런 병인가?”

시다는 잠깐 동안 거리낌 없는 눈길로 나를 바라보더니 랩톱을 왼손에 들고 오른손으로 뒷주머니에서 핸드폰을 꺼냈다. 그리고 두 손을 가볍게 앞으로 들었다.

“오늘날 대부분의 사람에게 이런 건 그리 필요도 없고, 실제로 없어진다 해도 아무런 문제 없이 살아갈 수 있을 거야. 그렇지만 앞으로 사용자의 니즈와 상관없이 이놈들은 점점 진화하여 편리해질 거야. 왜 그런지 알아?”

나는 대답하지 않고 가만히 응시하기만 했다. 랩톱 상판에 매달린 원숭이가 괜스레 자기 존재를 주장하면서 내 눈 속을 파고들려 했다.

“데이터를 모으기 쉽게 하려고. 소유주는 편리한 이놈에 의존하여 모든 개인정보를 집어넣을 거야. 혹은 사회의 구조가 그렇게 하도록 만들겠지. 그래서 자신만의 소유물이어야 하는 개인정보는 어느새 여론이나 시장을 컨트롤하고 싶은 사람들에게 몽땅 빨려 들어가서 분석되고 이용되는 거야. 검색 사이트가 선의로 운영된다고 믿는 무지렁이들은 그런 놈들한테 관리되고 착취당하는 거지.”

“너한테 학생들이란 그냥 샘플 데이터에 지나지 않는다는 거네.”

“내가 왜 교내에서 약물을 쓸어 버리려 하는지 알아? 내가 바라는 것은 정상적으로 순종적인 인간들의 데이터야. 바깥 세계랑 엇갈려 나가면 곤란하다는 거지.”

“네가 원하는 건 권력인가? 돈인가?”

“당연히 돈이지.”

시다는 바로 대답했다. 어이가 없다는 목소리였다.

“지금도 아래로 곤두박질친 터에 앞으로 인구도 점점 줄어들어 할방구 할망구들만 우글대는 이 나라에서 권력을 잡아서 뭘 하겠다는 거야. 제대로 앞을 내다보는 머리 좋은 놈들은 이런 나라에 안녕을 고하고 살아남기 위해서 이미 움직이기 시작했어.”

“관리하고 착취하기 위해서.”

“너, 학생회장 같은 거 했었지?” 하고 시다는 입 끝으로 웃더니 핸드폰을 뒷주머니에 집어넣었다.

“나는 아까 그 얼굴 인식 소프트웨어를 개발하느라 5천 시간을 들였어. 그래서 지금 억 단위의 돈을 손에 넣었지. 조종하는 대로 놀아나고 착취당하는 놈들은 라멘 집 앞에 줄을 서거나 말도 안 되는 게임 같은 걸 하면서 5천 시간을 허비해. 그게 놈들과 나의 차이야."

"그렇게 돈을 모아 뭘 하겠다는 거야. 어린 시절 장난감도 갖지 못한 빈곤 트라우마라도 해소하겠다는 건가."

시다는 문득 진지한 표정을 짓더니 바로 대답하지 않고 있다가 어쩔 수 없다는 듯이 작게 숨을 고른 다음 말하기 시작했다.

"내 아버지는 구청에 다녔더랬어. 너도 공무원이 되어야 해, 라는 것이 아버지의 입버릇이라 어릴 적부터 귀에 못이 박힐 만큼 들었지. 중학교에 들어가자마자 공무원을 목표로 해야 하는 이유를 물었더니 이렇게 말하는 거야. 생활도 안정되고 주택론 심사도 통과하기 쉽다고."

시다는 작게 콧소리를 낸 다음 말을 이었다.

"아버지는 궁핍한 농가의 3남으로 태어나 대학을 갈 때도 장학금이란 이름의 대출을 짊어지지 않으면 안 되었어. 그런 사람이 월급 아닌 직업을 바랄 것 같아? 그래서 아버지는 내가 고1 때 폐암에 걸려 태어나서 단 한 번도 즐거운 적이 없었다는 얼굴로 금방 세상을 떠나고 말았어. 마음에 남은 짐은 오로지 갚아야 할 주택론을 정리하지 못하고 죽어야 한다는 것이었을 거야, 필시. 〈매트릭스〉 봤어?"

나는 고개를 가로저었다. 시다는 가볍게 미간을 찌푸렸다.

"좋은 영화야. 근미래에서는 컴퓨터가 세계를 지배하고, 인간은 소모품이 될 가능성이 있는 동력원으로 태어나고 만들어질 것이라는 이야기야. 아버지가 세상을 떠나고 얼마 안 되었을 때 보았는데, 나에게는 상상 속의 이야기로 여겨지지 않았어. 아버지는 모범적인 국민으로서 표창을 받을 만한 인생을 살았지만 빚을 끌어안은 채 세상을 떠났어. 오래 살았다 하더라도 빚을 다 갚기 전까지는 인생을 즐길 수 없었을 거야. 결국 아버지는 인생의 반 이상을 대출금이라는 족쇄를 끌며 살아갈 수밖에 없었어. 그렇게밖에 안 되는 일이었을까? 아버지가 세상을 떠난 뒤부터 줄곧 내 마음에서 떠나지 않았던 물음에 〈매트릭스〉가 답을 주었던 거야. 아버지는 동력원이었어. 놈들은 오랜 시간을 들여 우리를 교육하고, 기획이 감추어진 사회에 영합하게 하고, 가정을 가지게 하고, 아이를 낳게 하고, 주택을 사게 하고, 어디로도 도망치지 못하게 하면서 동력을 빼앗는 거야.”

시다는 자조 섞인 웃음을 띠었다.

“놈들이라는 말투, 꼭 음모론을 좋아하는 중딩 같아 보이겠지. 요점은 이미 가진 자들이라는 거야. 아무튼 영화를 보고 났을 때, 마음속으로 맹세했어. 절대로 아버지처럼 살지 않겠노라고. 나에게는 프로그래밍 재능이 있어서 고졸이라도 무엇 하나 불편함 없이 살 수 있었지만, 굳이 장학금이란 부담을 안고 대학에 들어갔어. 내가 아버지 같은 사람이 아니라는 것을 증명하기 위해서 말이야. 돈은 그것을 위한 도구이고, 개똥 같은 시스템에서 벗어나기 위한 자유의 상징이기도 해. 아무리 많아도 충분하지 않아.”

불현듯, 돈과 페니스는 세계를 건너기 위한 보편적 무기다, 라고 말했던 내 친구 얼굴이 떠올랐다. 그 얼굴에는 내 심장을 녹일 듯한 미소가 떠올라 있었다. 분노에 가득 찬 상태에서 나누었던 대화였는데, 친구가 나에게 반성을 촉구하는 듯한 느낌이 들었다. 그렇다. 지금 나에게는 해야 할 일이 있다. 영리한 시다는 이제 매듭을 지을 때라는 것을 느꼈는지 랩톱의 디스플레이를 나에게 보여 주었다. ESSC 입회원서가 떠 있고, 거기 이름란에 사쿠마 유키라는 이름이 있었다. 말없이 전화번호와 주소를 몇 번이나 되뇌었다. 시다는 랩톱을 닫고 뒷좌석으로 던진 다음 문을 닫았다. 그리고 운전석 문을 열고 나를 바라보았다. 나는 움직이지 않았다. 시다는 멋대로 하라고 토라진 듯이 말하고 차에 올라타려 했다. 기타자와의 친구는, 하고 내가 말을 꺼내자 시다는 움직임을 멈추었다.

“고등학교 시절 기타자와와 지금의 기타자와가 완전히 다른 사람 같다고 했어. 무슨 저주라도 건 거야?”

마지막으로 반드시 물어보고 싶었던 것이다. 시다는 저주 말이지, 하고 중얼거리더니 입가에 뻔뻔한 미소를 머금었다.

“입학해서 마침내 자유를 얻었다고 착각하는 자들이 나를 찾아와. 입시전쟁에서 승리했다는 만족감에 빠져 뭐든 다 할 수 있다고 생각하다가, 애당초 자신에게 뭔가 되고 싶은 것 따위 없었다는 것을 금방 깨달아. 그 순간부터 무얼 어떻게 하면 좋을지를 몰라 멍해져 버려. 태어나서 지금까지 남이 던져 주는 물음에 대답하기 위해 살아왔기에 자신의 머리로 문제를 내고 대답을 찾는 데에는 서툴기 때문이야. 대부분은 거기서 포기하고 취직할 때까지 오로지 시간을 향락적으로 보내기로 하지만, 개중에는 발버둥 치는 애들도 있어. 그런 애들에게 정체성을 던져 주는 거야. 노력도 하지 않고 바로 손에 넣을 수 있는 강력한 놈을.”

시다는 잠깐 침묵하고 말을 이었다.

“너, 남자잖아. 남자답게 살아. 남자다움이 뭔지를 보여 주는 거야. 남자라면 뭐든 할 수 있다고. 말을 하면서도 너무 바보 같다는 느낌이 들지만, 아무것도 없는 애들에게는 울림이 있는 말인지, 의외로 간단히 기분이 좋아져서 말도 안 되는 짓을 벌이기 시작해.”

“그렇게 해서 너한테 좋은 게 뭔데.”

“학생들 데이터를 구입하는 광고대리점에서 올해 벽두에 내게 의뢰한 것이 있어. 무당파층 예비군 가운데서 정치에 관심 없는 남학생을 단숨에 여당 지지자로 바꿀 수 있는지 실험을 해 달라는 거야. 물론 발주자는 여당이야. 뭐, 실험이라고는 하지만 남자라는 정체성에 걸려든 애들에게 대리점이 제공한 보수적인 일본예찬 기사와 동영상을 줄기차게 내보내는 것뿐이야. 요컨대 세뇌지. 그래서 그 애들이 스무 살이 되었을 때 지지 정당을 체크해 본다는 거야. 기타자와는 실험 샘플 1호였어. 예정대로라면 멋들어진 일본 남아가 되었을 터인데, 그러기도 전에 대단한 연쇄 강간범이 되고 말았어. 처음에는 여자와 눈도 제대로 못 맞추는 멍청이였는데 이런 장면이 펼쳐질 줄은 몰랐지. 설마 하는 생각이 들었어. 그놈 내면에 그런 스위치가 감추어져 있을 줄이야. 꿰뚫어 보지 못했던 거지.”

“기타자와를 얼마 받고 팔아넘겼어.”

겨우 분노를 가라앉히고 물었다.

“돈은 안 받아. 그 대신에 대리점에게 의미 있는 정보를 많이 얻지. 최근에는 발매 전 상품 정보를 기반으로 주식을 사서 1억 벌었어.”

더는 할 말이 없었다. 내가 발길을 돌리려 하자 시다는 붙잡으려는 듯이 말했다.

“나는 어떤 계기가 될 만한 것을 던져 주었을 뿐이야. 직접 스위치를 누른 게 아냐.”

맞는 말이다. 그럴지도 모른다. 하지만.

“나라면 내버려두어선 안 될 사람을 팔아넘기는 짓은 하지 않아. 절대로.”

시다의 미간에 순간적으로 짙은 그림자가 드리웠다. 나는 발걸음을 돌리고 정문 쪽으로 걸어갔다. 5미터 정도 나아갔을 때 등 뒤에서 시다의 목소리가 들려왔다.

"대학에 방범 카메라를 설치한 이유를 알아?"

멈춰 서지 않았다.

"너희들의 습격이 원인이었어."

맘춰 서려고 하다가 겨우 참았다.

"너는 대학에서 자유의 일부를 빼앗은 거야."

그래서 뭐?

"네가 직접 스위치를 누른 건 아니지만."

지고 싶지 않다는 건가.

"다음에 또 즐겁게 이야기나 나누자고, 학생회장님."

캠퍼스에서 가장 가까운 역을 향해 잰걸음으로 나아가며 공중전화 박스를 찾았다. 마구 뒤엉킨 분노에 머리가 뜨겁게 달아올라서 간신히 머리에 담은 사쿠마 유키의 데이터가 금방이라도 증발해 버릴 것 같았다. 15분 정도 걸어서 겨우 공중전화를 발견하여 서둘러 전화를 걸었다. 사쿠마입니다, 라는 평온한 여자의 목소리를 듣고 잠시 숨을 고른 다음 "유키 씨 계세요?"라고 물었다.

"누구시죠?"

목소리에 험악한 기운이 배어 있었다.

"미나가타라고 합니다."

"어느 쪽?"

사쿠마 유키의 어머니로 여겨지는 인물은, 딸에게 일어난

일을 알고 있거나, 혹은 딸에게 들러붙는 남자들의 악질적인 행실에 넌더리가 났거나 둘 중 한쪽일 것이다.

"대학 동아리에서 아는 사이입니다."

분명히 어떤 의미를 품은 짧은 침묵. 그다음엔 냉랭한 목소리가 울려 나왔다.

"아직 안 돌아왔네요."

"알겠습니다. 다시 걸겠습니다."

됐어요, 라고 말하는 듯 전화가 탁 끊어졌다.

공중전화에서 가장 가까운 역까지는 30분 거리였다. 역 플랫폼에 설 즈음에는 분노가 많이 가라앉았지만, 기분이 나아진 것은 아니었다. 5분 정도 기다리자 전차가 플랫폼으로 미끄러져 들어왔다. 전차 안은 비어 있었지만 자리에는 앉지 않았다. 한번 자리에 앉아 버리면 기력이 빠져나가 다시는 일어설 수 없을 것만 같았다.

이윽고 구체적인 방향을 잡았다. 저기 끝자리에 빛나는 골대가 기다리고 있으리라고는 생각하지 않지만, 버림받은 기타자와를 위해 지금은 오로지 앞으로 나아갈 따름이다. 내성과 반성은 모든 것이 끝난 다음에 하면 된다.

넌더리가 날 정도로 수차례나 전차를 갈아타고 한 시간이나 걸려 가미이구사 역에 도착했다. 7시가 지난 하늘에는 아직 완전한 원이 아닌 달이 떠올라 간신히 어둠을 물리치려 발버둥

치고 있었다.

매표 창구 곁에 있는 공중전화로 다시 사쿠마 집에 전화를 걸었다. 아직 안 왔습니다, 이번에도 목소리에 경계하는 듯한 울림이 배어 있었다. 10초도 되지 않아 끊긴 수화기를 천천히 내려놓으면서 다음의 선택지를 머릿속에 그려 보았다. 곧바로 한 가지를 선택하고, 아래쪽으로 가는 플랫폼의 개찰구 가까운 곳으로 이동했다. 사쿠마 유키가 정말로 아직 귀가하지 않았고, 또한 전차를 교통수단으로 이용한다면, 아마도 이 개찰구에 나타날 것이다. 여기서 5분 정도 떨어진 곳에 있는 자택 가까이에 잠복하는 것이 가장 확실하지만, 피해자의 프라이버시에 더 가까이 다가가는 행동은 하고 싶지 않았다. 아무튼 나는 사쿠마 유키가 오늘 밤 친구 집에 머물지 않고, 동시에 차를 타고 귀가하지 않기를 기도하면서 그녀의 등장을 기다릴 수밖에 없었다. 개찰구에서 20미터도 채 떨어지지 않은 곳에 파출소가 있긴 하지만 다행히도 상점가가 많아서 오가는 사람들도 많기에 누굴 기다리는 척하면서 개찰구 옆에 서 있으면 주목받지 않을 것이다.

8시가 지나고부터 서서히 승객 수가 줄어들기 시작했다. 전차가 도착할 때면 살짝 북적댄다는 말을 해도 좋을 정도였지만, 사람들이 흩어지는 속도는 더욱 빨라졌다. 상점가의 가게들 몇 곳은 벌써 셔터를 내렸다. 만일을 위해서 파출소의 사각지대에 있는 역사의 기둥 그늘에 서긴 했지만, 오가는 사람들이 더 줄어들면 나의 존재는 반드시 시선을 끌고 말 것이다. 아무 짐도 없는 빈손이란 것도 의심을 살 요소였는데, 한낮에 대학을 나설 때만 해도 내가 낯선 장소에서 잠복을 할 처지가 되리라고는 상상도 하지 못한 탓이다. 팔짱을 풀고 둘 곳 없는 두 손을 그럭저럭 뒷주머니에 찔러 넣는데, 왼손이 그 존재를 잊고 있었던 종이에 닿았다. 유키가 건네주었던 텔레비전 프로그램 편성표를 꺼내 보는 둥 마는 둥 하다가 기둥 그늘에서 나와 공중전화 박스로 향했다. 이런 갑작스러운 행동으로 유익한 정보를 얻을 수 있을 것 같지는 않았지만 마냥 시간을 낭비하고 있을 순 없었다. 오래전에 친분을 맺었던 사람에게 전화를 걸어 한 가지 일을 부탁하고 다시 기둥 그늘로 돌아오는데, 개찰구 바로 곁에 듬직한 체격의 젊은 남자가 나타났다. 키는 나와 비슷했지만 체중은 20킬로그램 정도 차이가 날 것 같았다. 팔도 다리도 가슴팍도 목도 두껍고 만두 귀였다. 유도나 레슬링을 하는 게 분명한데, 느낌으로는 유도 같았다. 사정상 유키네 집에 전화를 걸 수밖에 없었지만 결과는 최악이라고 해도 좋았다. 말로 끝낼 수 없을 경우는 어느 한쪽이 심각한 부상을 입을 것이다.

전차의 도착을 알리는 방송이 구내에서 들려왔다. 개찰구를 똑바로 지켜보던 만두 귀가 언뜻 내 쪽으로 시선을 돌렸다. 아생의 감이라는 말이 꼭 들어맞는 험상궂은 얼굴이었다. 다른 어떤 행동으로도 피하기엔 이미 때가 늦었다는 것을 깨닫고 나는 그 눈빛을 똑바로 맞받았다. 만두 귀의 입술 끝에서 작은 경련이 일어났다. 내 귀에는 크르르릉 하는 맹견의 위압적인 울부짖음이 들리는 듯했다. 만두 귀가 천천히, 그러나 엄중한 자세로 나를 향해 걸어왔다. 나는 기둥에서 등을 떼고 반걸음 옆으로 비켜섰다. 만두 귀가 1미터 앞까지 다가왔을 즈음, 나는 두 팔을 가슴께로 들어 올리며 손바닥을 상대 쪽으로 펴 보였다. 만두 귀가 반사적으로 발걸음을 멈추었다. 거리는 50센티미터. 치고받기 좋은 거리다.

"뒤에 파출소가 있어."

나는 두 손을 내리고 가능한 온건한 말투로 말했다.

"여기서 푸닥거리를 하다가는 여지없이 체포될 거야. 그러면 난 어쩔 수 없이 경찰에 전후사정을 상세히 설명할 수밖에 없어. 그것만은 피하고 싶은데. 무슨 말인지 알아들어?"

협박 비슷한 짓은 하고 싶지 않았지만 어쩔 수 없었다. 만두 귀는 나를 노려본 채 짧게 생각하더니 위로 치켜 올라간 눈꼬리를 조금 끌어내렸다. 뇌가 근육으로 뭉쳐 있다는 것을 알고는 있었지만 생각보다 훨씬 유연하고 질이 좋은 근육인지도 모른다.

"네가 미나가타?"

고개를 끄덕이고 말했다.

"묻고 싶은 게 있어. 사실을 말해 준다면 다시는 네 여동생 앞에 나타나지 않을게."

개찰구에서 승객들이 쏟아져 나오고 있었다.

"뭘 알고 싶은 거야."

오빠, 하고 부르는 소리가 만두 귀의 등 뒤에서 들려왔다. 만두 귀가 몸을 반쯤 돌려 뒤돌아보자 사쿠마 유키의 얼굴이 나타났다. 공포와 불안으로 그늘진 눈동자가 나를 향했다. 당장이라도 오른쪽으로 몸을 돌려 사라져 버리고 싶었지만 이 오누이가 기타자와를 깊은 바다나 산속에 묻어 버렸을 가능성이 있는 만큼 그럴 수는 없었다.

"아는 놈이야?"

만두 귀의 물음에 사쿠마 유키는 고개를 가로저었다.

"저는 기타자와와 같은 대학에 다니는 학생입니다."

나는 사쿠마 유키를 향해 그렇게 말했다.

"그렇지만 기타자와랑 친구도 아니고 아는 사이도 아닙니다. 어떤 사정이 있어서 기타자와의 행방을 찾고 있을 뿐입니다."

사쿠마 유키가 매달리는 듯한 눈길로 만두 귀를 바라보았다. 만두 귀가 괜찮다고 여동생 어깨에 부드럽게 손을 올렸을 때, 우리 곁으로 나이 든 경관이 지나갔다. 수상쩍다는 눈빛으로 우리를 바라보면서. 만두 귀가 여동생의 귀에다 입을 대고 뭐라고 속삭였다. 사쿠마 유키는 곧바로 고개를 크게 저었다. 만두 귀는 작게 한숨을 내쉬고 나를 바라보며 말했다.

"따라 와."

역에서 멀지 않은 곳에 럭비장이 있었다. 그 앞의 폭넓은 길 한쪽은 통행금지가 되어 차도 사람도 전혀 보이지 않았다.

만두 귀는 도로를 반쯤 걸어가서 발길을 멈추고 뒤를 돌아보았다. 그 곁을 걷던 사쿠마 유키도 나를 바라보았다. 남매의 뒤로 2미터 정도 떨어져서 걷던 나는 같은 거리를 유지한 채 멈춰 섰다. 럭비장의 조명 덕분에 부근은 밝은 편이라 남매의 모습을 또렷이 볼 수 있었다.

"그런데 그 개새끼가 뭘 어쨌다고?"

만두 귀의 입에서 불이 뿜어져 나왔다.

"사라졌어. 행방에 대해 뭔가 아는 게 있다면 얘기해 줘."

럭비장에서 연습하는 선수들의 외침이 계속 울려 나와 우리들의 목소리가 퍼질 염려는 없었다.

"몰라."

"천만 엔은 손에 넣었어?"

만두 귀의 눈매가 갑자기 험악해졌다. 나는 말을 이었다.

"야쿠자 선배는 잘 있고?"

"너, 사람 신경 긁을래?"

그렇게 말하고 움직이려 하는 만두 귀의 팔을 사쿠마 유키가 서둘러 잡아끌었다. 그리고 단호한 목소리로 나를 향해 말했다.

"돈은 받지 않았어요. 그놈에게 겁을 주려고 했을 뿐이고 애초에 돈을 받을 생각도 없었어요. 야쿠자 선배라는 것도 거짓말이고, 오빠 친구에게 역할을 좀 해 달라고 했을 뿐이에요."

나를 바라보는 눈에 눈물이 고인 것 같았다. 나는 사쿠마 유키에게서 시선을 떼고 만두 귀를 바라보았다. 만두 귀는 숨을 내쉬고 어깨에서 힘을 뺐다.

"사실이야. 전부 내가 생각해 낸 줄거리로 여동생은 관계없어. 경찰에 찌를 생각이라면 나와 그 개새끼하고 다툰 걸로만 하고 여동생은 빼 줘."

"찌를 생각은 없어. 나는 기타자와의 행방을 알고 싶을 뿐이야. 기타자와와 마지막으로 연락을 주고받은 게 언제야?"

"축제 전날. 놈의 집 앞에 잠복했다가, 일주일 안으로 돈을 마련하지 않으면 가족까지 모조리 묻어 버리겠다고 협박했어. 그 개새끼, 정말로 겁을 먹고 벌벌 떨었어. 그런 다음에는 연락이 닿지 않았고, 여동생이 이제 됐으니까 그만하라고 해서 그때부터는 아무것도 하지 않았어."

"정말입니다."

사쿠마 유키는 강한 의지를 담은 목소리로 말했다.

"정말 이제 됐습니다. 조금이라도 그런 놈한테 허점을 보인 내게도 잘못이 있습니다. 잊어버릴 테니까 우리를 내버려두세요."

사쿠마 유키의 눈에 고인 눈물은 아직도 타오르는 분노 때문에 말라 버린 것 같았다. 둘이서 거짓말을 하는 것 같지는 않았다. 말 그대로 여동생을 위하고 싶은 오빠의 폭주일 뿐이었던 것이다.

"당신이 잘못한 건 없어."

내가 사쿠마 유키에게 할 수 있는 최대한의 위로의 말이었다. 사쿠마 유키는 작게 숨을 내쉬었다. 눈에는 다시 눈물이 고이는 것 같았다. 나는 만두 귀를 보고 말했다.

"약속한 대로 다시는 당신들 앞에 나타나지 않을게."

"아니, 그 개새끼가 죽었다면 연락해 줘."

만두 귀는 진지했다.

"동생이랑 축배를 들고 싶으니까."

사쿠마 유키가 어떤 표정을 짓는지 보고 싶은 충동이 일었지만 눈길을 주지 않고 발길을 돌려 곧장 역으로 걸어갔다. 눈물을 글썽이는 눈이 등 뒤를 따라오는 느낌에 가슴이 수런거렸다. 한 걸음 나아갈 때마다 럭비장 조명의 은혜에서 멀어져 발 아래가 어두워졌다. 내 앞길을 암시하는 징표라 생각하지 않을 수 없었다.

14 *!!*

전차 환승 시간도 잘 맞아떨어져 최단 시간에 대학에 도착했지만 도서관은 이미 어두컴컴했다. 폐관 시각 10시에서 5분이 막 지났다. 집과 애차의 키가 디팩 안에 들어 있다. 그리고 디팩은 도서관 락커 안에. 돌계단에 걸터앉아 내일 아침까지 어떻게 시간을 보내야 할지 망연히 생각하고 있는데, 등 뒤에서 또각또각 구두 소리가 들려왔다. 몸을 죽 내밀어 그 방향을 보니 여신이 이쪽으로 다가오는 모습이 보였다. 나는 재빨리 자리에서 일어나 여신 앞에 버티고 섰다. 여신도 발걸음을 멈추고 이상하다는 눈길로 나를 응시했다. 어둠 속에서도 미간에 깊고도 깊이 패인 주름이 보였다.

"죄송합니다. 놀래킬 생각은 없었습니다."

미인 사서는 즉각 나를 알아보았지만 깊게 패인 주름은 사라지지 않았다.

"뭐야? 무슨 일로?"

분명 나를 수상쩍게 여긴다. 약간 섭섭했지만 지금 그런 걸 따질 여유는 없다. 나는 사정을 이야기하고 디팩 회수를 부탁했다. 미인 사서는 크게 혀를 차면서 밤의 정적을 깨뜨리고는 비밀번호, 하고 귀찮다는 목소리로 물었다. 나는 0614라고 알려 주었다.

10분도 안 되어 디팩과 재회를 이루었다. 감사합니다, 하고 미인 사서에게 인사를 했다.

"숫자는 뭔데?"

"예?"

"0614."

"체 게바라의 생일입니다."

미인 사서는 코로 웃었다. 누구 생일이면 그녀의 마음에 들었을까.

"평소에는 굽 있는 힐을 신으시네요."

"혹시 성희롱?"

"말도 안 됩니다" 하고 나는 황망히 말했다.

"농담."

미인은 미소 지었다.

"딴 데로 새지 말고 바로 집에 가."

여신의 등이 작게 보일 때까지 배웅한 다음 애차가 기다리는 직원 전용 주차장으로 향했다.

피로가 꽤 쌓였지만 있는 힘을 다해 페달을 밟았다. 조금이라도 스트레스를 날려 버릴 수 있을 것 같았는데 오히려 피로는 더 쌓여 갈 뿐이었다. 녹초가 된 몸으로 집에 도착해 보니 유키의 목소리가 전화기에 저장되어 있었다. 괜찮아? 좀 걱정이 되네. 상냥한 말에 긴장이 풀리는 바람에 그냥 침대에 누워 잠들어 버리고 싶었지만 억지로 힘을 짜내 수화기를 들고 유키에게 전화를 했다. 학교 식당에서 헤어진 이후의 일을 주욱 이야기해 주었다. 시다와 나눈 대화 등 상세한 내용은 생략했다.

"너를 정말 골치 아픈 일에 끌어들인 것 같아."

유키는 미안한 듯이 말했다.

"괜찮아. 이 정도 일은 익숙하니까. 그건 그렇고, 겨우 길이 열렸는가 했더니 결국 막다른 골목이야. 기타자와가 사라진 원인은 분명 여자 문제라고 생각해. 그렇지만 피해자를 찾아내서 이것저것 알아보는 짓은 난 할 수 없어. 이제 내가 할 수 있는 일은 기타자와의 집에 가서 가족 가운데 누군가가 돌아왔는지 확인하는 것 정도야."

짧은 침묵이 흐르고 유키가 말했다.

"앞으로 이틀이면 너를 만나 이야기를 한 지 꼭 일주일이야.

그때까지 이렇다 할 진전이 없으면 경찰을 찾아갈게. 고작 이틀이라고 할진 모르겠지만, 오늘 하루만 해도 예상하지 못한 진전이 있었고, 그런 일이 앞으로 이틀 사이에 안 일어난다는 법도 없잖아? 더는 네게 부담을 주는 것이 미안하긴 하지만 조금만 더 힘써 줘."

"앞으로 진전이 있다 해도, 결국 네가 보고 싶지 않은 그런 일들이 나타날 거야. 그래도 괜찮겠어?"

"괜찮아."

"알았어. 할 수 있는 건 뭐든 해 볼게."

"고마워."

샤워를 하려고 옷을 벗고 보니 몸 여기저기에 검푸른 멍이 들어 있었다. 허리를 주무르자 오른쪽 옆구리에서 둔탁한 통증이 일었지만, 다행히 갈비뼈가 부러지지는 않은 것 같다. 오늘 하루 동안 쌓인 때를 씻어 내려고 뜨거운 물을 끼얹었지만 소용이 없었다. 눈을 감을 때마다 질책하는 듯한 눈길로 나를 바라보는 사쿠마 유키의 얼굴이 떠올랐다.

새벽 1시가 지나서야 겨우 침대에 누웠다. 아무리 잠이 와도 스트레칭을 해 두지 않으면 자고 일어나서 반드시 후회할 것이다. 하지만 몸을 움직일 기력은 이제 남아 있지 않았다. 마지막 힘을 짜내 시계의 알람을 8시에 맞춘 다음 툭 의식이 끊어졌다.

알람이 내 어깨를 세차게 흔들었다. 시계를 끌어당겨 알람을 멈추고 눈을 떴다. 꿈이 없는 깊은 잠을 잔 탓인지 일곱 시간을 단숨에 건너뛴 것 같은 감각이었다. 혹은 죽음에서 갑자기 부활한 것인지도. 조심스럽게 몸을 움직여 보는데 아니나 다를까 온몸의 근육에 딱딱한 밧줄이 감겨 있는 것 같았다. 침대에서 엉금엉금 기어 나와 베란다로 나갔다. 한 시간에 걸쳐 천천히 몸을 풀고 밧줄을 벗겨 냈다.

커피와 샐러드만으로 아침을 해결하고 10시에 집을 나섰다. 애차를 밟아 지유가오카에 도착했다. 11시가 되기 10분 전. 역 가까운 주륜장에 애차를 세우고 바로 옆에 있는 빌딩 2층에 있는 작은 카페에 들어갔다. 노파라 불러도 될 듯한 손님 하나가 창가 자리에 앉아 있었다. 나는 맨 구석 4인석에 앉아 커피를 시켰다. 11시 15분이 되어 커피를 거의 다 마셨을 즈음 가게 문이 열리고 어젯밤 잠복할 때 전화를 걸어 부탁한 옛 지인이 들어왔다. 하얀 블라우스 위에 검정 니트 베스트, 검은 데님 바지. 반년 만에 보는 얼굴인데 한층 요염함이 풍성해진 자태였다. 줄곧 창밖을 내다보던 노파조차 자기도 모르게 바라볼 정도였다.

요시무라 교코는 어깨에 걸쳤던 토트백을 옆자리에 툭 던지듯이 내려놓고 내 건너편 자리에 앉았다.

"안녕하세요."

내가 그렇게 인사를 해도 대답은 없었다. 나는 고등학교 시절 눈앞의 이 음침한 그림 같은 여자의 보디가드 역할을 한 적이 있었다. 스토커에게 괴롭힘을 당해 공포에 떨던 가련한 여대생 때의 분위기는 이제 눈곱만큼도 없다. 여점원이 물을 가지고 오자 요시무라 교코는 한없는 미소를 띤 채 상냥한 목소리로 커피를 주문했다. 내가 비난 어린 눈길을 보내자 뭐, 불만 있어? 라는 시선으로 나를 대적했다.

"가까운 곳에 일이 있었어요?" 하고 내가 물었다.

"음식 르포. 햄버거를 먹고 맛있다고 말하면 그만인 비보 같은 일이야."

요시무라 교코는 텔레비전 방송국의 아나운서로, 신인인데도 이미 많은 팬을 거느리는 스타라고는 하는데, 텔레비전을 보지 않는 나에게는 그냥 옛 지인에 지나지 않았다.

"이 세계에서 가치 없는 일은 없습니다, 따위 시건방진 말을 하면 쥐어박아 버릴 거야."

"설마 내가 그런 말을 할까요?"

이윽고 요시무라 교코가 웃음 띤 얼굴로 나를 바라보았다. 커피가 나오고 요시무라 교코는 가볍게 잔에 입을 갖다 댔다. 방송국에 취직한 이후로 몇 번 만났지만, 만날 때마다 암울한 분위기가 점점 짙어져 많이 걱정했었다. 한번 이유를 물어봤더니, "정말 멋진 곳인 줄 알았는데"라는 대답이 돌아왔다. 지금은 아나운서부에서 사회부로 전근 신청을 해 놓았다고 하는데, 상사가 전혀 대응을 해 주지 않는다고 한다.

"다들 어때? 잘 지내?"

요시무라 교코는 웃음기를 조금 머금은 채 물었다.

"잘 지내는 것 같습니다"라고 나는 거짓말을 했다.

요시무라 교코는 잠깐 동안 나를 가만히 들여다본 다음 토트백으로 손을 뻗어 그 안에서 작은 봉투를 꺼내 내 앞에 내려놓았다.

"감사합니다. 급하게 부탁해서 죄송합니다."

"혹시 무슨 문제에 휘말린 거야?"

"뭐, 그런 셈입니다."

"어떤?"

내가 말을 흐리자 창끝 같은 시선이 날아왔다.

"사람에게 이런 부탁을 해 놓고 이유도 말하지 않겠다?"

압박을 못 이겨 입을 열었다.

"사람을 찾는 중입니다."

"범죄 관련?"

대답하지 않고 있자니 요시무라 교코는 꺼냈던 봉투를 다시 토트백에 집어넣으려 했다.

"일이 끝나면 꼭 이야기해 줄게요" 하고 나는 황망히 대답했다.

종이봉투가 되돌아왔다. 요시무라 교코는 만족스러운 표정으로 커피를 입에 댄 다음 말했다.

"지난번 만났을 때보다 얼굴이 좋아. 정말 부러워."

"지난번에는 어떤 얼굴이었는데요?"

요시무라 교코는 팔짱을 끼고 나를 뚫어져라 바라보며 말했다.

"그때 나대기 좋아하는 한 애가 이렇게 말했어. 우리 그럴듯하게 성공할 때까지 만나지 말자고. 단세포 동물인 너희들은 이의 없다는 둥 찬성한다는 둥 야호, 그러면서 그냥 악속해 버렸지. 그렇지만 아마도 너였지, 누군가가 도움이 필요할 때만은 함께하자고 제안했고, 또 너는 이렇게 말했어. 뭐라도 힘든 일이 있으면 언제든 나를 찾아오라고, 찾기 쉽게 우리가 뒤집어 놓은 대학에 들어갈 테니까, 라고. 그래서 너는 시험을 봐서 합격했고 대학을 다니기 시작했지. 그렇지만 사실 대학에 들어간 것은 모두를 위해서가 아니라 자신을 위해서가 아닌가 하는 자기혐오에 빠져 출석을 부르고 강의를 들을 때마다 자신의 진지한 태도에 민망함을 느끼고, 스스로에게 변명하기 위해서 친구도 안 만들고, 그러니까 늘 쓸쓸하고 지겨워하는 듯한 그런 얼굴."

과연 아나운서답다. 흐르는 물처럼 한 점 걸림 없는 어조로 내가 밝히지 않았던 사실까지 말해 주었다. 덧붙이자면, 도움

요청은 메일로도 받고 있기에 나는 그것을 위해서 인터넷 회사에 돈을 바친다.

"내 일기라도 읽어 봤어요?"

"너희들이 뭘 생각하는지는 안 봐도 뻔해. 그런 사정이 아니라면 네가 에이쇼대학에 들어갈 리가 없잖아."

"정확히 말하면, 거물이 되기 전까지는 만나지 말자, 였어요."

요시무라 교코는 즐겁다는 듯 소리 높여 웃더니, "최고"라고 말했다.

"다들 섭섭했을 겁니다. 졸업하면 대부분이 사회에 나가야 하고, 다 같이 휘젓고 다니는 것은 고사하고 만나는 것조차 마음대로 되지 않으리라는 것을 아니까요. 그래서 자연 소멸할 거라면 약속이란 형태라도 하나 남겨 두고 산뜻하게 헤어지고 싶지 않았을까요. 그렇지만 이대로 인연이 끊어지는 것도 싫으니 누군가를 돕기 위해서라면 다시 한번 모이게 되지 않을까 해서 제안하긴 했지만, 잘 생각해 보면 그 애들이 도와달라고 말을 할 리 없습니다."

요시무라 교코는 오른손 검지를 물이 든 글라스에 넣었다 꺼내더니 나를 향해 통겼다. 작은 물방울이 내 볼에 닿았다.

"봐, 다시 이전 얼굴로 되돌아왔잖아."

어떻게 하면 지금 얼굴로 되돌릴 수 있을지를 몰라 무작정 미간을 찌푸렸더니 교코는 깔깔깔 웃었다. 요시무라 교코는 곧장 진지한 표정이 되어 물었다.

"그런데, 나 지금 어떤 얼굴이야?"

진실을 말했다가는 봉투가 다시는 돌아오지 않을 것 같아 고육지책을 쓰지 않을 수 없었다.

"정말 이쁩니다."

요시무라 교코는 훗, 코로 웃더니 이번에는 오른손 검지와 중지를 글라스 안에 넣었다가 튕겼다. 아까의 다섯 배 정도 되는 물방울들이 얼굴에 닿았다.

"그딴 말은 필요 없어."

"주의하겠습니다."

커피를 얻어 마시고 가게를 나왔다. 조심히 가세요. 그쪽도, 몸조심하고. 그렇게 인사를 주고받으며 헤어졌다.

애차를 픽업해서 기타자와네 집으로 향했다. 15분 걸려 도착했다. 여전히 커튼이 드리워진 채 마른 잎도 문틈에 그대로 꽂혀 있었다. 할 수 있는 일은 모두 하겠노라고 선언한 이상 이대로 얌전하게 돌아갈 수는 없다. 주위에 사람이 없다는 것을 확인한 대문을 열고 부지 안으로 들어가 우체통을 열었다. 3~4 센티미터 정도 다발로 들어찬 우편물 가운데 유키가 남겼다던 메모를 찾아보았다. 없었다. 그렇다는 것은 적어도 메모가 작성된 11월 8일, 다시 말해 지난주 월요일까지는 기타자와 집의 누군가가 있었다는 뜻이다. 우편함 뚜껑을 닫고 부지를 나선 다음 떨어진 나뭇잎을 주워 문틈에 다시 꽂았다.

기타자와가 유키의 집을 떠난 것이 4일. 내가 기타자와 집을 처음 찾은 것이 13일. 그 열흘 정도 사이에 뭔가가 일어났고 기타자와 집 사람들은 모두 모습을 감춘 셈이다. 가족 모두가 한꺼번에 살해되거나 납치되었을 가능성도 있지만, 대학생 기타자와와는 달리 부모에게는 제대로 된 상식을 갖춘 특정 다수의 동료나 친구 그리고 지인이 있었을 터이니 그런 사람들이 소식 불통 상태를 내버려두지는 않았을 것이다. 경찰이 움직인 징후는 없다. 아마도 부모는 살아 있고 어떤 사정으로 집에 돌아올 수 없지만, 지인에게 연락을 취할 수는 있을 것이다. 그렇다면 도대체 어떤 상황일까. 이런저런 추론을 짜 보려고 애를 썼지만 딱 들어맞는 결론을 이끌어 내지 못한 채 대학에 도착했다. 오는 도중에 생각에 너무 집중하다가 두 번이나 차에 치일 뻔했다.

오후 1시에 도서관으로 들어갔다. 어젯밤 일에 대해 인사라도 하려고 일단 미인 사서를 찾아보았지만 눈에 띄지 않았다. 1층 구석진 곳에 있는 시청각 코너에 가서 빈 부스로 들어갔다. 부스는 칸막이로 나뉜 반 평 정도의 개인실이다. 작은 책상에 의자, 19인치 텔레비전 모니터와 재생 전용 DVD 플레이어, 거기에 오버이어 헤드폰까지 설치되어 있다. 의자에 앉아 각 기기의 전원을 넣은 다음 디팩 안에서 아까 받은 종이봉투를 꺼냈다. 얇은 플라스틱 케이스에 든 DVD가 7장, NHK 2국과 민방 5국의 오후 11시 대의 프로그램이 제각기 녹화되어 있었다. 물론 방송일은 11월 3일. 지금 이 프로그램을 본다고 해도 무의미한 영상의 나열에 지나지 않을 뿐이라는 건 알지만, 혹시 새로운 단서가 나온다면 어떤 의미가 생겨날 테고 그것이 기타자와에게로 이끌어 줄 가능성이 있다. 아무튼 할 수 있는 것은 모두 해 볼 수밖에 없다, 지금은 헤드폰을 머리에 쓰고 민저 NHK 종합 DVD를 플레이어에 넣었다.

발정나지 않으면 인간이 아니라고 주장하는 듯한 연애 드라마, 식탁에서 나누는 멋들어진 대화를 가르치는 독일어 강좌, 전투 의지 고양이 목표인 듯 잔뜩 긴장한 목소리의 스포츠 뉴스, 예능감 없는 탤런트가 나불대는 버라이어티 쇼, 사기꾼 같은 어투로 뭐라고 떠들어 대는 금발의 대학 조교수가 해설자로 앉은 뉴스, 여배우가 머리를 커트한 이유는 배역 때문이라고 의기양양하게 말하는 대담 프로그램, 앞으로 10년의 일본 경제를 심각하게 염려하는 경제 뉴스 등을 보면서 일곱 시간을 보냈다. 인생의 귀중한 시간이 허무하게 사라졌다. 보기 시작한 지 두 시간 정도 지났을 즈음, 이 장면 때문에 기타자와 유토가 사라졌습니다, 라는 자막이 떠오르지 않을까 기대했지만, 당연

하게도 그런 기적은 일어나지 않았다. 덧붙이자면 독일어 강좌
는 조금 보탬이 되었다. 광고는 가급적 빨리 돌렸는데, 야노가
나오는 맥주 광고만은 그대로 다 보았다. 야노는 노래하고 춤
추고 만면에 미소를 머금으며 맥주를 들이켰다. 혼을 판다는
말이 딱 맞아떨어진다는 생각이 드는 30초로, 내 속을 불편하
게 하는 영상이었다. 한번 떠나 버린 혼이 다시 돌아올 수 있을
까. 나는 모르겠다.

아무튼 어느 프로그램이건 재미없음은 말할 것도 없지만,
보는 현장을 남에게 들켰다고 해서 당황해 할 만한 내용은 어
디에도 없었다. 역시 기타자와는 갑자기 등 뒤에서 부르는 소
리에 깜짝 놀란 것뿐인지도 모른다.

8시 30분에 도서관을 나와 애차를 저어서 이케부쿠로로 달
려갔다. 점심 저녁을 모두 건너뛰어서 그런지 페달을 밟는 다
리에 힘이 들어가지 않았다. 9시 15분에 역 뒤편에 있는 유료
주륜장에 애차를 세워 두고 거기서 가까운 백화점으로 갔다.

일을 끝낸 종업원들이 백화점 뒤편 전용 출입구에서 밀려
나왔다. 수위에게 이름과 용건을 말하고 신분 체크를 한 다음
백화점 안으로 들어갔다. 지하 2층 주차 공간 구석에서 서둘러
작업복으로 갈아입고 계단을 뛰어올라 지하 1층 야채 매장에
서 폐기 도시락 두 개를 받아 들었다. 소고기 조갯살 도시락과
닭튀김 도시락. 지하 2층으로 돌아오는 도중에 계단에 앉아 소

고기 조갯살 도시락을 먹었다. 맛있다. 10시 10분 전에 뒤편 집합 장소에서 다른 청소부들과 합류하여 일주일에 두 번 있는 청소 아르바이트를 시작했다.

생선 식품 매장의 2층을 구석구석 청소하고 아침을 맞았다. 요 며칠 쌓였던 피로가 다리를 휘감는 바람에 몇 번이나 심한 졸음에 시달렸지만 용케 잘 버텼다. 작업을 끝낸 뒤 옷을 갈아입고 어젯밤과 같은 장소에서 다 식어 버린 닭튀김 도시락을 먹은 다음 아침 6시 30분에 백화점을 나섰다.

곧장 돌아가면 30분도 안 걸려 침대 속으로 파고늘 수 있지만, 비련을 버리고 기타자와의 집으로 향했다. 조사가 끝나는 내일까지 어떻게든 시간 나는 대로 갈 생각이었다. 최선을 다했다는 변명거리를 만들기 위해서라는 것을 스스로도 알고 있었지만, 그래도 안 하는 것보다는 나을 것이다. 이른 아침의 피부를 찌르는 차가운 공기가 졸음을 물리치기에 딱 좋았다.

7시 30분에 도착했다. 마른 잎이 떨어져 있었다.

15 ✗

심장이 격하고 빠르게 갈비뼈를 쳐 댔다.

혹시나 해서 대문 틈을 확인했다. 마른 잎이 사라졌다.

뛰는 심장을 다스리려고 깊게 숨을 들이쉬었다. 창에는 커튼이 그대로 드리워져 있었다. 반사적으로 인터폰의 버튼을 누른 후에야 지금이 몇 시인지가 떠올랐지만, 이미 늦었다. 세일즈맨도 아니고. 에라, 모르겠다. 그런데 응답이 없다. 다시 한번 버튼을 눌렀다. 여전히 응답이 없다. 다시 버튼을 누르려 하는데 1층 큰 창의 커튼이 살짝 움직이는 것이 보였다. 억누를 수 없는 흥분에 사로잡힌 채 버튼을 눌렀다. 응답이 없다. 대문을 열고 부지로 들어가 짧은 통로를 지나 현관문 앞에 섰다. 위압적으로 보이지 않으려고 부드럽게 노크했다. 똑똑. 응답이 없다. 똑똑. 문 건너편에서 작은 소리가 들렸다. 노크를 하지 않고 기다렸다. 문손잡이를 돌리는 소리가 괜히 크게 들렸다. 문이 조금 열렸다. 안을 들여다보려고 윗몸을 옆으로 기울였다. 틈새로 문의 체인과 중년 여성의 얼굴이 반쯤 보였다. 불안이 짙게 배인 눈.

"무슨 일이시죠?"

살짝 떨림이 감추어진 목소리였다.

"이른 아침에 죄송합니다. 저는 유토의 친구입니다. 갑자기 연락이 되지 않아 걱정이 돼서 와 봤습니다. 유토는 집에 있습니까?"

짧은 침묵의 시간이 흘렀다.

"걱정해 주신 덕분에요. 유토는 괜찮으니까요, 그냥 돌아가 주세요."

문을 닫을 것 같아 오른손을 틈새로 밀어 넣었다. 그리고 얼굴을 틈새에 가까이 대면서 낮고 작은 목소리로 말했다.

"저는 대략적인 사정을 알고 있어요. 지금 상태라면 경찰을 찾아가지 않을 수 없습니다. 자세한 이야기를 들려주세요."

분명히 수상쩍은 이런 대응을 봤을 때, 경찰이라는 말이 협박처럼 들릴 수 있다는 것은 알고 있다. 두려움에 사로잡힌 사람에게 협박조로 말해야 한다는 것이 가슴 쓰렸지만 어쩔 수 없었다. 대답을 기다리자니 갑자기 문틈에서 중년 여자의 얼굴 반쪽이 사라지고 대신에 중년 남자가 나타났다. 눈에 핏줄이

선 듯이 보였다.

“자네, 정말로 학생인가?”

목이 메어 있다.

왼손으로 뒷주머니에 든 지갑을 꺼낸 뒤, 문틈에서 빼낸 오른손으로 학생증을 꺼내 중년 남자의 한쪽 눈앞에 갖다 댔다.

마지막 일격을 덧붙였다.

“유키도 걱정을 많이 하고 있습니다.”

유키가 넣어 둔 메모를 읽었을 터이고, 게다가 유키를 잘 아는 사람에게는 그 이름이 보험 증서와도 같은 역할을 할 것이다. 한쪽 눈이 천천히 감겼다. 이어서 다시 활짝 열린 눈에는 약간의 안도감이 묻어나는 것도 같았다. 나는 학생증을 지갑에 넣고 말했다.

“자세한 이야기를 들려주세요. 부탁합니다.”

문이 천천히 닫힌 다음 체인을 푸는 소리가 들리고 다시 문이 열렸다.

1층 거실로 들어섰다. 기타자와의 부모는 눈에 띌 만큼 초조해했다. 원래가 몸집이 작은 건지 아니면 심한 마음고생 때문인지 모르겠지만 두 사람 다 아주 작고 연약해 보였다. 부모는 나와 거리를 두고 마주 서서 의구심 어린 시선으로 바라보았다. 집 안으로 들인 것은 경찰이라는 말 때문이었으니 당연히 나를 신뢰하는 것은 아니다. 지금부터가 본 게임이다. 서론에서 어긋나 버리면 그대로 불협화음이 일어나 눈 깜짝할 사이에 선율은 파탄에 이르고 말 것이다.

"2주 전에 유토가 의논할 게 있다고 해서 약속 장소에 나갔지만 나타나지 않았습니다. 연락도 닿지 않고 몇 번이나 댁을 찾아왔었지만 아무도 없고 해서 경찰에 갈까 말까 망설이는 중이었습니다."

부모의 반응을 살폈지만 지금으로서는 의심이나 거절 반응은 보이지 않았다. 그보다도 거짓말을 하는 나의 죄책감이 얼굴에 드러나지는 않았을까 걱정이다.

"유토에게서 대충 이야기는 들었습니다."

여기서부터가 도박이다. 올라타느냐, 아니냐.

"혹시, 유토가 누군가에게 감금되어 있습니까?"

부모는 반박하지 않았다. 그런 기색도 없었다. 기타자와의 아버지가 깊고 깊은 한숨을 내쉬었다. 거기에 맞추려는 듯이 어머니가 천천히 눈을 감더니 갑자기 평형 감각을 잃고 쓰러지려 했다. 나는 재빨리 어머니의 어깨를 받치고 그대로 부엌 테이블로 이끌어 의자에 앉혔다. 죄송합니다, 라는 어머니의 가냘픈 목소리가 나의 죄책감을 더 부풀렸지만 이미 엎질러진 물이다. 나는 아버지를 마주하고 말했다.

"말씀을 듣고 경찰에 갈지 말지를 정하도록 하겠습니다."

11월 5일 금요일.

밤 9시, 인터폰 벨이 울렸을 때, 기타자와의 아버지는 서재에서 컴퓨터 화면을 들여다보고 있었고, 어머니는 부엌에서 설거지를 하는 중이었다. 늦은 시간에 손님이 올 리도 없고 해서 어머니는 어제부터 귀가하지 않는 아들이 집 열쇠를 잊어버렸다고 생각하면서 인터폰의 수화기를 들었다.

"누구세요?"

"이름을 댈 만한 사람이 아닙니다."

부자연스러울 정도로 착 깔린 남자의 목소리였다.

"아드님 일로 할 이야기가 있습니다. 좀 들어가도 되겠습니까?"

어머니가 당황해하자 남자가 말을 이었다.

"여기서 말을 하면 이웃에게 폐가 될 겁니다. 소리가 들릴 테니까요."

남자의 목소리에는 절대로 거역하지 못할 울림이 배어 있었다.

"잠깐 기다려 주세요."

어머니는 수화기를 내려놓고 황망히 서재로 가서 남편에게 상황을 설명했다.

두 사람은 어쩔 수 없이 남자를 현관으로 불러들였다. 감색 슈트에 흰 셔츠 차림, 마흔 정도 되어 보이는 이 남자가 평범한 사람이 아니라는 것을 금방 알 수 있었다. 눈매가 이상하리만 치 날카롭고 오른쪽 귓불이 없었다.

"댁의 아드님이 우리 소중한 거래처의 중요한 사람에게 협 박을 가했습니다."

너무도 황당한 말에 두 사람은 당황하지 않을 수 없었다.

"저희 고객님은 크게 충격을 받아서 일에 지장을 초래할 정 도입니다. 그래서 위자료와 손해배상을 받아야 하겠습니다."

두 사람의 머릿속에 희미하게 공갈이라는 말이 떠올랐다.

"갑작스러운 일이라 아직 무슨 말인지 잘 모르겠습니다만."

아버지는 짜내듯이 겨우 말을 뱉어 냈다.

"먼저 아들의 말을 들어 보지 않고서는, 뭐라고……."

귓불 없는 남자가 돌연 품에 오른손을 찔러 넣는 것을 보고 아버지는 반사적으로 말을 멈추고 말았다. 그때 어머니는 남자 가 가슴에서 칼을 꺼내 자신들을 찔러 죽일 것이라고 생각했 다. 그러나 가슴에서 나온 것은 아들의 핸드폰이었다. 귓불 없 는 남자는 누군가에게 전화를 건 다음, 나야, 하고만 말하고 핸 드폰을 아버지에게 건네주었다. 아버지가 핸드폰을 귀에 대자 바로 아들의 흐느끼는 소리가 들려왔다.

"왜 그래? 무슨 일이야?"

아버지의 목소리를 듣고 안도했는지 아들은 더 격렬하게 울 기 시작했다. 울음소리의 배후에서 "제대로 말해, 새끼야"라는 험악한 목소리가 들려왔다.

"전부, 내가 잘못했어."

아들은 울음소리를 필사적으로 억누르며 끊어질 듯 끊어질 듯 말을 이었다.

"나 때문에 피해를 입은 사람이 있어서 사죄를 하지 않으면 안 돼."

"도대체 무슨 일이야?"

"그러니까, 협박이라고 하잖아."

귓불 없는 남자의 억누른 목소리에는 시커먼 압력이 걸려 있었다.

"몇 번이나 똑같은 말을 하게 하지 마."

"이 사람들이 시키는 대로 하지 않으면, 나를 죽일지도 몰라."

"죽인다고?"

"과장이 심하네."

귓불 없는 남자는 이렇게 말하고 아버지의 손에서 핸드폰을 빼앗아 전화를 끊었다.

"현금으로 5천만 엔을 준비해 주세요."

"그런 돈, 없습니다."

"귀한 아들이 어떻게 되든 상관없다는 겁니까."

"어떻게든 해 볼테니 아들에게는 손을 대지 말아 주세요."

어머니가 애원하자 남자는 입술 끝에 차가운 미소를 띠었다.

"일주일 기다려 주지요. 그때까지 아들을 소중히 맡아 두겠습니다. 그리고 경찰에도 우리 편이 많으니까 만일 신고하면 금방 우리에게 연락이 오게 되어 있습니다. 그러면 아들을 두 번 다시 볼 수 없다는 것을 알아 두세요."

어머니는 온몸을 부르르 떨었다.

"그나저나 내가 일부러 집까지 찾아온 이유를 알겠습니까?"

두 사람은 완전히 제정신을 잃어버려 귓불 없는 남자의 말에 대답도 할 수 없었다. 귓불 없는 남자는 괘념치 않고 말을 이었다.

"사전 조사지요. 불이 잘 붙는 집인지 아닌지 확인하러 온 겁니다."

아버지에게 그 귓불 없는 남자라는 존재는 알몸으로 드러난 폭력 그 자체로 느껴졌다. 그리고 무슨 수를 써도 항거할 수 없는 공포와 굴욕도.

귓불 없는 남자는 또 연락하겠다는 말을 남기고 발길을 돌려 문손잡이를 잡았다가 천천히 뒤를 돌아보았다.

"아들이 여자를 몇 명이나 강간한 모양이오."

마치 계절 인사라도 하는 듯한 어투였다.

"요즘은 아마추어 놈들이 더 나빠요. 아무튼 아들의 장래를 위해서 여러 가지로 편안하게 해결하도록 합시다."

귓불 없는 남자가 나간 다음에도 부모는 현관에서 꼼짝도 못 하고 서 있었다. 귓불 없는 남자의 말이 거짓말이라 생각하고 싶었지만, 그렇지 않음을 직감했다. 귓불 없는 남자에게는 좋건 나쁘건 진실된 느낌이 있었다. 게다가 어머니는 이미 느끼고 있었다. 대학에 들어간 지 몇 달도 안 된 사이에 아들의 얼굴에서 상냥함이 사라져 버렸다는 것을. 그 원인을 이런 잔혹한 형태로 고지받은 것이다. 갑자기 절망이 밀려들어 어머니는 몸을 세차게 떨었다.

1186만 2532엔.

그것이 저축의 전부였다. 은행의 부동산 담보대출을 받아 나머지 액수를 맞출까도 했지만 기존 대출이 남아 있기에 불가능했다. 불법 금융업자에게서 빌릴까도 생각했지만 아들을 돌려받는 대가로 모든 것을 잃을 가능성이 있어서 두 사람은 결단을 내릴 수 없었다.

11월 11일 목요일.

오후 9시, 귓불 없는 남자에게서 전화가 왔다.

"내일이면 일주일인데, 어떻게 되어 갑니까."

"아직 마련하지 못했습니다."

아버지는 그렇게 대답했다.

"이거 곤란한데요. 아드님이 어떻게 돼도 좋다는 겁니까."

"5천만 엔은 거금입니다. 금방 마련할 수 없습니다."

짧은 침묵이 흘렀다.

"알았습니다. 앞으로 일주일 더 기다리겠습니다. 그게 마지막입니다. 아드님도 한계에 이른 것 같으니 죽을힘을 다해 애써 보십시오."

"아들 목소리를 들려 주세요."

몇 초 뒤, 먼저 아들의 울음소리가 들려왔다. 이어서 "미안해, 정말로 미안해"라며 거듭 사죄하는 아들에 대해 분노는 일었을지언정 미워할 수는 없었다.

자력으로 돈을 마련한다는 것은 불가능했디. 그래서 누 사람은 하던 일과 파트타임 아르바이트를 쉬고 여행을 떠나기로 했다. 각지에 흩어져 있는 친척들을 방문하여 돈을 빌리려는 것이다. 직접 만나서 머리를 숙이면 무작정 거절하지는 않을 것이다.

야마구치, 돗토리, 오카야마를 돌았다. 돈을 빌려줄 가능성이 있는 친척을 모두 찾고 도쿄로 돌아온 것이 11월 16일. 바로 어제였다.

빌린 돈은 650만 엔.

자지도 못하고 17일을 맞이했다.

기한은 앞으로 사흘.

망연자실하던 상태에서 내가 찾아온 것이다.

부모와 나는 부엌 식탁에 마주 보고 앉았다.

"이야기는 잘 들었습니다. 두 분은 앞으로 어떻게 하고 싶으십니까?"

이야기를 하다가 더욱 피로와 절망에 빠진 아버지는 긴 한숨을 내쉬고 말했다.

"앞에 계신 분께라도 부탁해서 조금 있는 돈으로 어떻게든 해 볼 수밖에 없을 것 같습니다."

"설령 요구 금액을 전부 준다고 해도 거기서 끝나지는 않을 것입니다. 두 분이 파멸할 때까지 공갈을 계속할 것입니다."

"그럼 어떻게 하면 좋을까요?"

"경찰에 신고하는 선택지는 없습니까?"

"그건 너무 위험해요."

어머니가 즉각 반대했다.

귓불 없는 남자가 한 말은 허세일 가능성이 크긴 하지만 그것을 증명할 길이 없으니 부모는 가장 무난한 해결책을 선택하지는 않을 것이다.

"알았습니다. 제가 어떻게든 해 보겠습니다."

맥이 빠져 있던 두 사람이 동시에 나를 바라보았다.

"무슨 뜻인지요?" 하고 아버지가 물었다.

"우선 유토를 데리고 오겠습니다. 거기서부터는 가족이 해결하십시오."

두 사람의 머리 위에 떠오르는 물음표가 보였다.

"유토를 데리고 오기만 하면 일단 여기서 도망칠 수도 있습니다. 냉정하게 사태를 파악하고 생각해 볼 여유도 생기겠죠. 상대의 말에 무작정 순종하는 것은 안 될 말입니다."

"어떻게 데리고 올 수 있나요?"

어머니가 불안한 목소리로 물었다.

"저에게 생각이 있습니다. 저에게 맡겨 주시겠습니까?"

두 사람은 당혹스러워했다. 당연하다. 바로 조금 전에 나타난 초면의 젊은이에게 아들의 생사 여탈권을 간단히 맡길 수는 없는 일이다.

"잠깐만 기다려 주세요. 금방 돌아오겠습니다."

나는 그렇게 말하고 자리에서 일어섰다.

16

있는 힘을 다해 자전거를 달려 대학에 도착한 것은 9시 35분이었다. 필수 과목인 헌법 강의는 이미 시작되었다. 매주 출결을 체크하는 수업이라 대강의실은 8할이 차 있었다. 깔때기 모양의 강의실을 위에서 아래로 천천히 훑어 유키의 모습을 찾아보았다. 있다. 통로 계단을 내려가 중앙 계단 쪽으로 나아갔다. 일부러 유키가 앉은 열을 지나 자리를 찾는 척하면서 교단을 향해 내려갔다. 지금의 나는 분명 모두의 주목을 받고 있을 것이다. 계단을 다 내려가자마자 바로 발걸음을 돌려 위로 되돌아갔다. 중앙 단 쪽에 접근했을 때 가득 찬 학생들 가운데서도 중앙에 앉은 유키에게 시선을 던지자마자 그와 눈이 마주쳤다. 나는 그대로 계단을 올라 강의실을 나섰다. 1분도 되지 않아 유키가 강의실에서 나왔다.

"무슨 일이라도 있었어?"

유키의 목소리가 조금 들떠 있었다.

기타자와 집으로 가면서 오늘 아침의 경위를 이야기했다. 기타자와가 살아 있다는 안도감과, 기타자와 부모의 재난적 상황에 대한 우려가 뒤섞여 유키는 시종 복잡한 표정을 지었다. 나는 기타자와 탈환 계획을 이야기하고 유키의 협조를 구했다. 유키는 주저 없이 하겠노라고 했다.

"그 야쿠자 말이 사실이라면, 유토는 누군가를 협박했을 거야."

선자 안에서 유키가 당연한 의문을 꺼냈다.

"설마 시다가 손을 썼다든지?"

"그건 아냐."

"어떻게 단언할 수 있어?"

"놈은 그런 타입의 인간이 아냐."

"그건 또 무슨 말이야?"

"자신의 힘에 취해서 타인을 마음대로 조종하는 것을 즐겨. 야쿠자를 사용해서 자신의 즐거움을 망칠 리 없어. 더욱이 궁지에 몰아넣더라도 부모까지 이렇게 심각한 상태에까지 몰아칠 만큼 비정한 짓을 하지는 않을 거야."

유키는 동의할 수 없다는 듯 미간을 찌푸렸지만 나는 괘념치 않고 말을 이었다.

“기타자와가 천만 엔을 조달하려고 누군가를 협박한 것은 분명한 사실이야. 협박당한 사람은 자신이 아는 야쿠자에게 부탁했을 테고. 어쩌면 5천만 엔이라는 건 야쿠자의 애드립일지도 모르지만, 어쨌거나 기타자와는 건드리지 말아야 할 것을 건드리고 말았어.”

“천만 엔이 거짓인 줄 알았더라면 여기까지 오지 않았을 것을.”

“기타자와가 그 애한테 험한 짓을 벌이지 않았더라면, 거짓말도 없었겠지.”

유키는 살짝 고개를 숙이고는, 하긴 그래, 하고 힘없이 대답했다.

유텐지에서 전차를 내려 기타자와 집으로 향했다. 우리를 맞이한 부모의 얼굴은 아침과 다름없이 잔뜩 구름이 낀 상태였지만 유키의 등장으로 조금이나마 밝아진 듯했다. 유키는 나를 신뢰할 수 있는 친구라 소개하고, 탈환 계획을 받아들이도록 설득했다.

“어떤 계획인지는 상세히 말씀드리지는 않겠지만 누군가가 죽거나 다치거나 하는 일은 절대로 없을 겁니다” 하고 나는 말했다.

“미나가타는 어릴 적부터 특수한 훈련을 받았거든요” 하고 유키가 거들었다.

"완전히 믿어도 좋습니다."

어떤 훈련을 받았느냐고 물으면 어딘가 반드시 허점이 드러나겠지만 부모는 따져 묻지 않았다. 결국 손을 쓸 아무런 방도가 없는 지금, 지푸라기건 나건 무작정 잡고 볼 수밖에 없을 것이다.

그로부터 한 시간에 걸쳐 부모와 지금부터 준비할 것에 대해 이야기했다. 부모의 서포트 역할과 나와 연락하는 역할을 겸해서 유키가 모레까지 기타자와의 집에 머물기로 했다. 그래서 유키는 남겨 두고 혼자 기타자와 집을 나섰다.

전차를 이어 타고 바로 집으로 돌아왔다. 앞으로의 작업을 위해서라도 잠을 푹 자 두어야 한다. 샤워로 머리카락 사이에 밴 야채 매장의 냄새를 깨끗이 씻어 내고 싶었지만 피로와 졸음을 이길 수 없었다. 옷을 입은 채 침대에 쓰러졌다. 잠이 오지 않았다. 아까의 흥분이 머리 한구석에서 잔불처럼 타닥타닥 불타고 있었다. 정말로 내가 할 수 있을까. 갑자기 불안이 머리를 치켜들었다. 무거운 몸을 억지로 움직여 침대에서 내려왔다. 20분 정도 뜨거운 물로 샤워를 하고 침대로 돌아왔다. 실패했을 때 책임질 수 있을까. 시발, 하고 침대에서 내려와 옷을 입었다.

고이시가와 식물원에 들어가서 무작정 걸었다. 요전에 리츠를 만났던 정자에 도착하여 벤치에 앉았다. 졸음이 최고조에 달했지만 불안과 나약해진 마음으로 잠들고 싶지 않았다. 가까이서 어린아이들이 재잘대는 소리가 들려왔다. 40명 정도의 유치원생 집단이 서서히 다가와 바로 옆을 지나갈 때, 원생 모두가 나를 향해 손을 흔들어 주었다. 나도 손을 흔들었다. 문득, 동료들 생각이 났다. 집으로 돌아와 침대에 올랐다. 바로 잠이 들었다.

오후 4시를 지나서 눈을 떴다. 일어나서 바로 전화를 체크했지만 부재중 기록은 없었다. 얼굴을 씻고 남은 졸음을 떨쳐 내고 옷을 입었다. 귀찮은 일이지만 학교까지 자전거를 가지러 가야 한다. 갑작스러운 사태에 대비해 기동력을 확보해 두어야 하니까.

대학에 도착해서 서문을 통해 안으로 들어가 교직원 전용 주차장으로 향했다. 철책과 자전거를 잇는 체인로크를 해제하는데 등 뒤에서 인기척이 느껴져 돌아보았다.

"어이, 학생회장."

무시하고 계속 움직였다.

"정말 무정하네."

시다는 토라진 듯이 말했다.

"함께 약물을 추방한 동지잖아."

체인로크를 풀어낸 다음 시다와 마주 보고 섰다.

"용건이라도 있어?"

"강의 중에 유키와 함께 바삐 나가는 것을 보고 기타자와 건에 무슨 진전이라도 있는가 했지."

"엄청 세일하는 가게가 있어서 말이야."

"그런가. 다음에는 나한테도 좀 알려 줘."

"친구에게만 한정이래. 미안하지만."

시다는 어깨를 으쓱하며 불만을 나타냈다. 나는 체인을 디팩에 넣고 돌아갈 채비를 했다.

"정말 용서할 수 없는 인간이 있댔어."

갑작스럽게 시다가 말했다.

"한번은 술에 잔뜩 취했을 때, 놈이 그런 말을 하더라고."

애차의 핸들로 뻗어 나가던 손길을 멈추고 시다를 바라보았다.

"희한하게도 그놈이 감정을 다 드러내고 말이야. 내 앞에서는 늘 겁먹은 강아지같이 굴었거든. 자세한 이야기는 하지 않았지만 꽤 원한이 깊어 보였어. 내가 보기에 그놈이 변한 것도 그 용서할 수 없는 인간과 관계가 있어."

"마구 궁지로 내몰아 놓고 너한테는 책임이 없다는 거네."

"변명을 하려는 게 아냐. 그놈을 찾아낼 단서가 될 것 같아서 말이야. 유키가 뭔가를 알지도 모르니까 대화를 해 봐."

시다는 그렇게 말하고 청바지 호주머니에 손을 찔러 넣더니 뭔가를 꺼내 나에게 던졌다. USB였다.

"기타자와의 컴퓨터 사용 이력이 들어 있어. 혹시 보물이 숨겨져 있을지도 모르잖아."

내가 USB를 받고 가볍게 들어 올리자 시다는 힘차게 미소지었다.

"안심해도 좋아. 장난을 치진 않았으니까. 뭐, 자네 컴퓨터에 제대로 된 게 들어 있을 리 없잖아. 안 봐도 알아."

시다는 그렇게 말하고 얼굴에서 웃음기를 지우더니 발길을 돌렸다.

7시 5분 전에 집으로 돌아왔다. 탈환 계획을 실행하기 위해서 해야만 하는 일이 있었지만, 아직 시간이 이르다. 랩톱에 전원을 넣은 다음 유키에게 전화를 했다. 기타자와 집에는 아직 아무런 변화도 없고 부모도 지금은 안정을 되찾은 것 같았다. 시다에게 들은 이야기를 유키에게 던져 보았지만 시다가 말하는 '용서할 수 없는 인간'에 대해서는 떠오르는 게 없다고 했다.

"시다의 말이 사실이라면, 왜 내게는 그런 말을 하지 않았을까?"

"가까우니까 오히려 말하기 힘든 것도 있어."

짧은 침묵이 흐르고, 거기에는 유키의 실망감이 감추어져 있었다. 무슨 일이 있으면 바로 연락을 달라고 하고 전화를 끊었다.

랩톱은 이미 준비를 끝내고 지겨운 표정으로 기다리고 있다. 먼저 메일을 체크했다. 제로. 시다에게 받은 USB 메모리를 거침없이 포트에 꽂았다. 시다의 말대로 내 랩톱 공간은 거의 공백이다. 도둑맞을 만한 것은 하나도 없다. 화면에 나타난 폴더를 바로 클릭하자 간단한 표가 튀어나왔다. 표에는 사용 일시, 사용한 프로그램, 그리고 웹사이트 열람 상대의 URL이 나열되어 있었다. URL을 클릭하면 해당 화면으로 연결되었다. 기간은 올 4월부터 11월까지였는데, 다시 말해 대학 입학 때부터 사라지기 전까지 몽땅. 이력은 수백 건에 달했다. 모레까지 모든 것을 조사해 볼 여유가 없어서 일단 최근 사용한 것부터 거슬러 올라가기로 했다.

마지막 사용은 11월 4일 목요일 오전 7시 21분, 웹사이트 열람. 4일이라면 유키의 집에 머문 다음 날이다. 이른 아침에 13만 엔을 훔쳐 달아나 귀가한 다음에 컴퓨터를 사용한 것 같다. URL을 클릭했다. 코안대학 문학부 강의 시간표를 실은 사이트로 옮겨 갔다. 코안대학은 도쿄의 사립대학 가운데서도 내로라하는 명문이다. 1학년에서 4학년까지 일주일치의 시간표가 주욱 이어져 있었다. 절박한 지경에 처한 인간이 느긋하게 살펴볼 사이트가 아니므로 분명 어떤 의도가 있어서 들여다보았을 것이다. 마지막까지 스크롤해 보았지만 그 의도를 알 수 없었다. 다만 코안대학이라는 이름에 뭔가 걸리는 게 있었다. 기억의 서랍을 더듬으면서 바로 직전 이력, 오전 7시 19분의 웹사이트 열람의 URL을 클릭했다. 검색 사이트가 열렸다. 검색창에는 '코안대학', '문학부', '시간표'라는 세 가지 검색 키워드가 나오고, 페이지에는 결과가 표시되어 있었다. 그 바로 앞의 이력은 10월 2일로, 여행사 사이트에서 하와이 투어의 상세한 내용을 열람한 것이었다. 어쩌면 이것을 보았을 때가 최후의 행복이었을지도 모른다. 만두 귀가 나타나 지옥으로 떨어지기 직전의.

배에서 소리가 울렸다. 생각해 보니 백화점에서 닭튀김 도시락을 먹은 이후로 아무것도 입에 대지 않았다. 코안대학코안대학코안대학, 하고 소리를 내어 말하고 기억을 자극하면서 부엌으로 가 냉장고 문을 열었다. 식재료가 거의 없었다. 지금 뭘 사러 가기도 귀찮아 남은 당근을 스틱으로 잘라서 씹기로 했다. 당근을 도마에 올려놓고 식칼을 집어 드는 순간, 갑자기 번뜩이는 섬광이 나를 덮쳤다. 칼을 내려놓고 랩톱 앞으로 돌아왔다. 그리고 검색 사이트로 들어가서 검색창에 어제 도서관에서 보았던 뉴스 프로그램의 타이틀과 코안대학 조교수라는 검색 키워드를 쳐 넣고 엔터 키를 눌렀다. 고바야시 슈지. 검색 결과의 제목 중 모든 것에 그 이름이 포함되어 있었다. 화면을 확인하니 뉴스에 나왔던 그 금발 사기꾼이었다. 혹시나 해서 사이트로 들어가 문학부의 교직원 일람에 고바야시의 이름을 확인했다. 뛰는 심장을 느끼며 검색 사이트로 돌아와 '고바야시 슈지', '코안대학'으로 검색했다. 코안대학과 뉴스 프로그램 관련 결과가 상위에 떠오르는 가운데 딱 한 가지 이상한 것이 섞여 있었다. 카메이 프로덕션이라는 예능 기획사였다. 그 사이트를 살피러 들어가 보니 맨 윗페이지에 소속 연예인의 출연 정보가 실려 있고, 그 가운데 뉴스 프로그램 이름과 고바야시라는 이름이 세트로 나와 있었다. 준 전속으로 출연 중, 이리 되어 있다. 메뉴에서 소속 연예인 일람 페이지를 선택해서 클릭했다. 수십 명의 얼굴 사진과 간이 프로필이 실려 있었다. 아는 얼굴이 둘 있다. 한 사람은 문화인 분야의 고바야시이고 또 한 사람은 탤런트 분야의 가이 츠요시. 노체에서 집요하게 시비를 걸어 오던 젊은 미남이었다.

황망히 랩톱에서 벗어나 야노의 핸드폰에 전화를 걸었다. 제발 받기를 기원하면서 신호음에 신경을 집중하는데 여덟 번째 신호음에서 야노가 전화를 받았다.

"무슨 일이야, 자네가 전화를 다 걸고. 정말 희한한 일도 다 있구만."

"뭐 좀 물어볼 것이 있어서요."

"뭔데?"

"지난번 노체에서 시비를 걸던 놈의 기획사 배경에 야쿠자가 있다고 하셨잖아요."

"아, 구니마츠 조직이 뒤를 봐주는 곳이야."

구니마츠 조직은 본거지를 도쿄로 하는 지정 폭력단으로, 나도 그 이름을 알 정도다.

"무슨 일이라도 있어?"

야노의 걱정스러운 목소리가 귀에 울렸다.

"아, 아닙니다. 아무 일도 없습니다. 그냥 알고 싶어서요."

"그 이후 현장에서 그놈을 만났는데, 아주 집요하게 자네에 대해 묻기에 무슨 일이라도 있나 생각했었지. 물론, 자네에 대해서는 일언반구도 하지 않았지만."

"그놈은 왜 나에게 그리 집착할까요?"

"나도 그게 이상해서 물어보았어. 옛날에 자네한테 여자를 빼앗겼다고 하던데, 그런 기억은 있어?"

"없습니다."

바로 대답했다.

"여자를 빼앗거나 빼앗기거나, 그런 우아한 일과는 무관하게 지금껏 살아왔으니까요."

야노는 짧게 웃었다.

"그 자식이 사람을 착각한 건 아닐 텐데, 아무튼 무슨 일이 있으면 내게 말해."

"야노 씨가 저의 뒤를 봐주시겠다는 건가요."

"으응, 의외로 힘이 될 거야."

인사를 하고 전화를 끊었다. 머리가 혼란스러웠지만 일단 미남은 머리 한구석으로 몰아내고 처음에 보았던 강의 시간표를 조사해 보기로 했다. 고바야시는 목요일 2교시를 담당하고 과목은 미디어론이었다.

어쩌면 3일 밤에 유키 집의 텔레비전에서 우연히 고바야시를 발견한 기타자와는 공갈 아이디어를 떠올리고 4일 이른 아침에 집으로 돌아와 강의 시간표를 체크한 다음 코인대학으로 항하여 어찌어찌 고바야시에게 접근하여 협박하고 돈을 뜯으려 했을 것이다. 고바야시는 다급하게 기획사와 협의하고 기획사는 구니마츠 조직의 야쿠자에게 요청하여 4~5일 밤 사이에 기타자와를 납치했다. 그리고 5일 밤에 귓불 없는 남자가 기타자와 집에 나타나 부모를 협박했다.

큰 줄거리는 이렇게 흘러갔을 것이다. 기타자와와 고바야시가 어떤 인연으로 얽혔는지 상상이 가지 않지만 지금까지의 전개에서 볼 때 여자가 관련되어 있다는 느낌이 강하게 들었다. 아무튼 모든 것은 추측일 뿐이다. 진상을 알기 위해서는 기타자와를 탈환해서 본인 입을 통해 들을 수밖에 없다.

랩톱을 닫고 당근에게 돌아갔다. 스틱으로 잘라 소금을 뿌려 먹은 다음 커피를 마셨다. 아직 9시 30분. 시간을 죽이기 위

해 재즈 LP판을 틀었다. 부커 아빈, 캐논볼 애덜리, 소니 롤린
스. 11시가 지났다. 이 시간이라면 확실히 잡아챌 수 있을 것
이다. 수화기를 집어 들었다. 기타자와 탈환을 위한 단 하나의
Ace In The Hole(마지막 패)에게 도움을 요청하기 위해서.

11월 18일 목요일, 조사 7일째.

오전 8시에 일어나 먼저 유키에게 전화를 했다. 기타자와 집에는 어떤 변화도 이상도 없고, 고바야시 이야기는 굳이 하지 않았다. 새로운 정보는 지금의 유키에게 오히려 마음의 혼란만 줄 따름이고, 이야기를 한다고 해서 상황이 바뀌는 것도 아니다. 유키만큼은 가능한 한 평정심을 간직한 채 사태에 대처하기를 바랐다.

근처 슈퍼에 가서 식재료를 조달하여 연어와 잎새버섯 버터구이, 쌀밥, 된장국을 만들어 먹고, 커피를 마신 다음 집을 나섰다. 세타가야 구에 있는 코안대학까지는 애차로 한 시간 정도 걸렸다. 2교시가 시작된 지 40분 정도 지났다. 목적지인 대강의실 앞에 이르자 안에서 큰 웃음소리가 들렸다. 멋진 입담으로 학생들을 즐겁게 하는 엔터테이너의 모습을 일각이라도 빨리 보고 싶었지만 꾹 참고 벤치에 앉았다.

강의 종료벨이 울렸다. 뒷문이 열리고 학생들이 일제히 쏟아져 나왔다. 나는 벤치에서 일어나 전방의 문을 통해 강의실로 들어섰다. 교단 주위를 여학생들이 둘러싸고 있고, 그 중심에는 회색 슈트에 검정 티셔츠를 입은 금발 사기꾼이 있었다. 고바야시는 38세였지만 척 보기에도 젊고 몸도 날씬해서 너무도 텔레비전에 어울리는 모습이었다. 예능 기획사가 찍은 것도 충분히 이해가 갈 정도였다.

나는 문 바로 옆자리에 앉았다. 거리가 멀어서 대화 내용은 알아들을 수 없지만 여학생들이 즐거운 웃음소리를 낼 때마다 고바야시는 스스로에게 흠뻑 도취된 표정을 지었다. 내 눈에는 그 오른쪽 어깨에 허영, 왼쪽 어깨에 욕망이라는 태그가 붙어 있는 것처럼 보였다. 이런 넌덜머리 나는 놈과 기타자와 사이에 도대체 무슨 일이 있었던 걸까? 기타자와가 남긴 단서로 보아 현재진행형의 관계가 아님을 알 수 있었다. 과거에 뭔가가 일어났고, 그것은 기타자와에게는 도저히 용서할 수 없는 일이었다. 혹시 사쿠마 유키에게 일어났던 그런 일이 기타자와의 애인이나 여자친구에게 일어났을지도 모른다. 물론 가해자는 고바야시. 그게 사실이라면 고등학교 시절 기타자와가 연애에 관심을 갖지 않은 이유도 이해가 간다. 소중한 존재를 지키지 못했다는 트라우마를 끌어안고 있었기 때문이리라. 그것이 시다에 의해 해방되고 고바야시와 같은 인간으로 추락해 버렸다는 것은 아이러니지만.

고바야시는 손목시계를 확인하고 짧게 뭐라고 고하더니, 불만스러운 표정을 짓는 여대생들을 남기고 교단에서 내려와 내가 있는 쪽으로 잰걸음으로 다가왔다. 나는 움직이지 않은 채 고바야시에게서 눈길을 떼지 않았다. 문득 시선이 마주쳤다. 고바야시의 시선에는 이물질이 섞여 있었다. 나를 품질 감정이라도 하는 그런 종류의. 기타자와 일도 있고 해서 경계하는지도 모른다. 곧 고바야시는 흥미를 잃었다는 듯이 눈길을 돌리고 내 앞을 지나 강의실을 나섰다. 사실은 그 뒤를 따라가서 불러 세우고 여러 가지를 따져 묻고 싶었지만 여기서 대결하기에는 무기가 부족했다. 모른다고 시치미를 뗀다면 나에게 남은 수단은 고문뿐이다. 양심이나 인정에 호소해서 조용히 기타자와를 석방해 달라고 말할까도 생각했었지만, 실물을 보는 순간 포기했다. 상어에게 인간의 존엄성을 논해 본들 아무런 의미가 없다. 자칫 어중간하게 들쑤셨다가 야쿠자에게 연락하게 만들어 기타자와에게 불미스러운 사태가 일어나서는 안 된다.

기타자와를 탈환하고 난 그때, 반드시 추궁하고 말 테다.

그렇게 결의하고 자리를 떴다.

기타자와 집에 도착하자 유키는 점심 식사 후 설거지를 하고 있었다. 친구 부모를 위해서 식사 준비에서 청소까지 모두 도맡아 하는 것 같았다. 부모는 유키를 완전히 신뢰하면서 모든 것을 맡기고 있었다.

귓불 없는 남자에게서 연락은 오지 않았다. 나는 상황에 변화가 없다는 것을 유키에게 보고했다. 그 후 쇼핑을 나간 유키를 대신해서 부모의 상대가 되어 주었다.

"저어."

아버지가 아주 조심스러운 느낌으로 나에게 말했다.

"학생에 관해서는 유키에게서 여러 가지로 이야기를 들었습니다."

대체 무슨 이야기를 했을까. 살짝 긴장했다.

"학생 같은 분에게 도움을 받아서 정말로 마음이 든든합니다."

나의 정체가 슈퍼맨이라도 된다는 것일까.

"친구를 위해서니까요."

속으로는 유키에게 욕을 퍼부으며 그렇게 말했다.

"유토는 왜 협박 같은 걸 했을까요."

갑자기 아버지가 물었다.

"유키에게 물어보아도 모르겠다는 말밖에 하지 않아서."

나는 조금 망설인 끝에 대답했다.

"돈이 궁했던 것 같습니다."

"용돈이라면 충분히 주었는데요."

"이유는 유토에게 물어봐 주세요."

"역시 여자에게 난폭한 짓을 했다는 것과 관련이 있는 걸까요."

어머니가 슬픈 눈길로 나를 바라보면서 말했다.

나는 기타자와에게 분노를 느끼며 대답했다.

"그것도 유토에게 물어봐 주세요."

내가 부정하지 않는 것을 보고 어머니는 사정을 알아차린 것 같았다. 나에게는 어머니의 어깨를 짓누르는 고뇌가 보였지만 모르는 척하고 물었다.

"유토는 중학교 시절에 어땠습니까?"

어머니는 허를 찔린 듯 순간 멍하니 나를 바라보며 말했다.

"왜 그런 말을? 무슨 관계라도 있나요?"

"아닙니다. 저는 고등학교 시절의 유토밖에 몰라서 좀 어땠는가 싶어서."

나와 기타자와의 관계를 자세히 묻는다면 아주 귀찮아질지도 모르는 일이지만, 다행히 그렇게는 되지 않았다.

"중학생 때 유토는 밝고 적극적이고 정말 착한 아이였어요. 농구부에서도 활약하고 인기도 많았습니다."

"고등학교 때의 유토하고는 완전히 딴판이었군요."

"실력에 비해 높은 학교에 합격했으니까 따라가느라 힘이
들었을 겁니다."

"아, 그랬습니까? 중학교 때 충격적인 일이 있어서 많이 힘
들어했다는 말을 들어서, 지망한 학교에 떨어졌나 생각했습니
다."

"그런 건 아니에요. 제1지망에 합격했으니까요."

어머니는 그렇게 말한 다음 잠시 생각하고 말을 이었다.

"음, 그러고 보니…… 수험이 끝난 다음 지망학교에 합격했
다고 기뻐하던 그 애가 갑자기 방에 틀어박혀 나오지 않은 일
이 있었습니다. 그걸 두고 하는 말인지도 모르겠네요."

"무슨 일이라도 있었습니까?"

"모르겠습니다. 물어도 대답하지 않았으니까요."

유키가 돌아와서 이야기는 중단되었다. 이제 내가 나갈 차
례인지라 기타자와 집을 나설 때, 내 캐릭터를 어떻게 설정한
거야, 하고 유키의 귀에 대고 물었지만, 무덤덤한 미소만이 되
돌아왔다.

도야마 공원을 향해 애차를 달렸다. 바람이 하루가 다르게
날을 세우고 살을 드러낸 부분을 할퀴는 듯했다. 가로수들도
겨울을 맞이하려 잎을 떨어뜨리고 있었다.

약속 30분 전에 평소의 그 큰 은행나무 아래에 도착했는데

리츠는 이미 나의 유일하면서도 최종적인 패라 할 인물과 이야기를 나누고 있었다. 월도 함께였다. 세일러복 여고생과 헤비메탈 밴드 메탈리카 티셔츠를 입은 험악한 남자들과의 조합은 어쩐지 너무나 잘 어울렸다. 같은 종족이기 때문일지 모른다.

애차를 세우고 합류했다. 리츠의 얼굴은 어쩐지 발갛게 상기되어 있는 것 같다.

"빨리 왔네."

나는 리츠에게 말했다.

"일찍 와서 보니 선생님들이 계셔서 내가 먼저 말을 걸었이."

벌써 선생님, 이다. 구김살이 없다.

"이야기는 끝났어?"

리츠는 고개를 끄덕였다.

"매주 목요일에 너랑 같이 훈련하기로 했어."

"그렇게 됐군."

"나랑 같이하는 거 싫어?"

"싫을 리가."

람보 씨는 우리의 대화를 웃음 띤 얼굴로 지켜보았다.

"람보 씨하고 할 이야기가 있으니까, 미안하지만 잠시 비켜주지 않을래."

"내가 들으면 안 되는 이야기?"

"그렇지는 않지만."

"아가씨."

람보 씨가 상냥한 목소리로 재촉했다.

리츠는 볼을 불퉁하게 만들어 불만을 표하면서 빙글 몸을 돌려 자전거를 대 놓은 쪽으로 걸어갔다.

"저 애는 강해질 거야" 하고 람보 씨가 말했다.

"지금도 충분히 강합니다" 하고 나는 대답했다.

람보 씨가 "윌" 하면서 턱을 살짝 치켜올리자 윌이 리츠의 뒤를 따라갔다.

"어젯밤에 부탁드린 일 말인데요, 아직 주고받을 것에 관해서는 연락이 없습니다."

"언제든 어떤 식으로든 움직일 준비는 해 둘 테니까 노 프로블럼."

람보 씨는 그렇게 말하고 청바지 뒷주머니에서 핸드폰을 꺼내 나에게 내밀었다.

"윌의 번호가 저장되어 있어. 무슨 일이 있으면 바로 연락해."

"알겠습니다."

나는 핸드폰을 받아들고 조금 망설이다가 말했다.

"구니마츠 조직이 얽혀 있을 가능성이 높습니다."

"노 프로블럼."

람보 씨는 내 말을 가로막고 말했다.

"야쿠자한테 비실거려서는 신주쿠에서 살아남을 수 없지.

이쪽보다는 그쪽이 문제야. 이미 어린애 영역이 아냐. 한 걸음 내디딜 각오는 되어 있어?"

각오는 아직이다. 기타자와를 돕는 것 자체에 저항도 있다. 그렇지만.

"누군가가 하지 않으면 안 되는 일이라서요."

그렇게 대답하자 람보 씨는 미소를 띠고 내 머리를 가볍게 콩 두들겨 주었다.

리츠와 윌은 애차 곁에서 대화를 나누다가 내가 다가가자 갑자기 입을 다물었다.

"나를 습격할 셈이야?"

그렇게 말하자 두 사람은 동시에 코로 웃었다. 좋은 콤비다.

리츠와 걸으면서 이야기를 나누었다.

"저 두 사람, 진짜배기인 느낌."

"진짜야, 완벽하게."

"아까 무슨 이야기했어?"

"윌의 생일에 서프라이즈 파티를 하려고 의논한 거야."

리츠가 집요하게 파고들지도 모른다고 생각했지만, 내가 밀고 가는 애차의 뒷바퀴를 가볍게 차는 것으로 끝났다.

다카다노바바 역 도야마 출입구에 도착했다. "그럼 또 봐, 다음 주" 리츠는 그렇게 말하고 눈 깜짝할 사이에 역 안으로 모습을 감추었다.

7시가 넘어 기타자와 집에 도착했다. 거진 장례식 분위기 속에서 유키가 만든 저녁을 같이 먹고, 나와 유키가 설거지를 하기로 했다. 부모를 거실로 물리고 나는 말했다.

"준비는 끝났어. 연락만 오면 돼."

"고마워. 그런데 정말 계획대로 움직여도 괜찮을까? 만에 하나 네게 무슨 일이라도 일어나면."

"노 프로블럼."

유키의 말을 가로막고 그렇게 반응한 것과 거의 동시에 거실의 전화벨이 울렸다. 유키의 몸이 작게 떨렸다. 우리는 곧장 거실로 향했다. 벽시계는 9시를 가리키고 있었다. 소파에 앉은 부모는 센터 테이블로 옮겨 두었던 전화기를 시한폭탄이라도 되는 듯한 눈길로 바라보았다. 유키와 나는 부모의 정면에 자리 잡고 앉았다. 전화벨이 다섯 번쯤 울렸을 때 나는 부모를 향해 고개를 끄덕였다. 아버지는 반사적으로 작게 고개를 끄덕이고 전화기로 손을 뻗었다. 그리고 수화기를 들고 바로 스피커 모드 버튼을 눌렀다.

"여보세요."

"저번에 갔던 사람입니다."

귓불 없는 남자인 듯한 사람의 목소리가 스피커를 통해 들려왔다.

"준비는 되었습니까?"

“예.”

짧고 무거운 침묵이 흘렀다.

“목소리가 좀 이상하게 들리는데 말이죠.”

“아내도 들을 수 있게 스피커를 켜 두어서 그럴 겁니다.”

유키가 아버지를 향해 가볍게 고개를 끄덕였다. 예상 대화집을 만들어 리허설을 거듭한 효과가 있었다.

“문제없다는 거네요.”

귓불 없는 남자로 보이는 인물이 잔뜩 힘을 넣은 목소리로 말했다.

“예.”

“정말로 문제가 없다는 거 맞죠?”

“예.”

아버지의 이마에 땀방울이 맺히기 시작했다.

“우리는 조용히 해결하고 싶은 겁니다. 쓸데없는 짓은 하지 않는게 좋을 겁니다.”

“잘 압니다.”

“아들 목소리를 들려 주세요.”

어머니가 짜내는 듯한 목소리로 말했다. 애절한 울림이었다.

몇 초의 공백이 있었다.

“여보세요.”

유키가 반사적으로 주먹을 불끈 쥐었다. “반갑습니다” 하고

나는 마음속으로 전화선 건너편 기타자와를 향해 첫인사를 건
넸다.

"유토, 괜찮니? 다친 덴 없는 거지?"

"괜찮아. 잘 있어."

"조금만 참으면 돼. 힘을 내."

어머니의 눈에 눈물이 고였다.

"미안."

울먹이는 목소리였다.

"정말로 미안해."

다시 짧은 공백.

"그거 수령할 장소 말입니다만, 내일 전하도록 하지요. 만일
무슨 문제라도 있으면 그 전에 해결해 두기 바랍니다."

"아무 문제도 없으니까, 유토에게 절대로 손을 대지 말아 주
세요."

아버지는 단호한 어조로 말했다.

"물론이지요, 아버님. 내일은 언제든 전화를 받을 수 있게 대
기해 주세요. 그럼, 내일 또."

전화가 끊어졌다. 유키와 나는 동시에 숨을 몰아쉬었다. 수
화기를 든 채 아버지는 나를 똑바로 쳐다보며 물었다.

"정말 괜찮은 겁니까? 유토가 무사히 돌아올 수 있는 겁니
까?"

나도 똑바로 아버지를 쳐다보며 대답했다.

"괜찮습니다. 마음 놓으십시오."

각오는 되어 있다.

나도 똑바로 아버지를 쳐다보며 대답했다.

"괜찮습니다. 마음 놓으십시오."

각오는 되어 있다.

18 !!

11월 19일 금요일.

《대지의 저주받은 사람들》의 책장을 덮고 시계를 보았다. 아침 6시 3분. 어젯밤 귀가 후 아무리 해도 잠이 오지 않아 아침까지 책을 읽었다. 솔직히 말해 내용은 거의 머릿속에 들어오지 않았지만 문자를 따라가는 것만으로도 이상하게 마음이 편안해졌다. 사경을 하는 사람의 심경을 조금이나마 알 것 같았다. 침대에서 내려와 베란다로 나갔다. 차가운 공기 가운데서 깊이 숨을 들이쉬었다. 시야가 한순간에 밝아진 기분이다.

샐러드와 커피만으로 아침을 대신하고 검정색 운동복 상의와 검정색 청바지로 갈아입은 다음 7시에 집을 나섰다. 아침의 정체가 싫어서 뒷길로 애차를 달려 기타자와 집으로 향했다. 8시 조금 전에 도착했지만 일부러 집 앞을 그냥 지나쳐 그

블록을 천천히 한 바퀴 돌았다. 정탐을 보는 사람은 없는 것 같았다. 온 사방에 사람들 눈이 있는 주택가에 보초를 세워 두는 바보짓은 조심성 많은 귓불 없는 남자와 어울리지 않는다고 생각하지만, 거래 당일이니 만일을 위함이었다.

부모는 한숨도 못 잔 듯 아버지의 눈 아래에는 짙은 그늘이 져 있었다. 부모는 유키가 마련한 아침 식사에는 손도 대지 않았다. 9시가 되고 부모에게 준비를 하게 했다. 오늘부터 얼마간은 만에 하나 적의 습격에 대비하여 나카메구로의 비즈니스 호텔로 옮길 것이다. 부모가 2층에서 준비를 하는 사이에 유키와 마지막 점검을 했다. 진지하게 귀를 기울이는 유키에게서 팽팽한 긴장감이 전해져 왔다.

오후 1시가 지난 뒤부터는 거실로 이동해서 센터 테이블에 자리 잡은 전화기를 둘러싸고 앉았다. 느릿느릿 시간이 흘러갔다. 쓸데없는 말은 한마디도 하지 않았다. 5시, 아버지의 다리가 더 격렬하게 떨리기 시작했다. 6시, 어머니가 구역질을 하기 시작했다. 그리고 6시 30분, 전화가 울렸다. 벨이 세 번 울리고 내가 아버지를 향해 고개를 끄덕이자마자 어머니의 눈에서 눈물이 흘러내렸다. 아버지는 수화기를 들고 떨리는 손가락으로 스피커 모드의 버튼을 눌렀다.

"여보세요."

"안녕하십니까. 아무 문제없겠지요."

"예, 문제없습니다."

"그럼 그걸 들고 8시에 신주쿠 주오 공원 후지미다이로 아버지 혼자 와 주세요."

"알았습니다. 아들은 그 자리에서 돌려보내 주는 거겠지요."

"그렇고말고요. 마음 놓으십시오. 그리고 사방에 감시원을 세워 두었으니 쓸데없는 인간이 어슬렁거리기라도 하면 바로 알 겁니다. 그때는 아들하고는 두 번 다시 만날 수 없다는 것만 알아 두세요."

"알았습니다."

"늦지 말기를 바랍니다."

전화가 끊어지자마자 나는 현관으로 가서 핸드폰으로 월에게 전화를 걸었다. 요점만을 알리고 전화를 끊은 다음 거실로 돌아왔다.

"저 먼저 가 보겠습니다."

내가 그렇게 말하자 어머니가 다가와 내 오른손을 두 손으로 감쌌다.

"우리 애를 구해 주세요. 부탁드립니다."

"맡겨 주십시오."

현관까지 배웅을 나온 유키에게 뒤를 부탁하고 집을 나서려 하는데, 조심해, 하고 유키가 말했다. 유키의 눈이 어렴풋이 젖어 있었다. 나는 웃음을 띠며 고개를 끄덕였다. 집을 나선 이후에도 어머니의 온기가 손등에 그대로 남아 있었다.

고마자와 역을 향하여 달렸다. 바깥은 벌써 어두웠다. 3분 정도 걸려, 교환 장소가 기타자와 집이 아닐 경우 합류 지점으로 설정해 둔 '메구로 세무서 앞' 교차로에 도착했다. 10초도 되지 않아 눈앞에 검은 알포드(도요타의 봉고형 자동차—옮긴이)가 멈춰 섰다. 슬라이드 도어가 열리자마자 재빨리 안으로 들어가 2열 시트에 앉았다. 알포드는 바로 출발했다. 운전석과 조수석에 낯선 남자들이 앉아 있었다.

"월은?"

나는 어느 쪽이라 할 것도 없이 물었다.

"정찰을 하러 먼저 갔습니다."

운전석 남자가 백미러로 나와 눈길을 맞추면서 말했다.

"난 손입니다. 처음 뵙습니다. 옆에는 구엔입니다."

구엔은 고개를 돌려 나에게 힐끗 시선을 맞추고 오른손을 가볍게 들더니 바로 앞을 바라보았다. 둘 다 동남아시아형 얼굴이었다.

"우리는 보조 역입니다" 하고 손이 아주 유창한 일본어로 말했다.

"요청할 게 있으면 언제든 말해 주세요."

"감사합니다."

나는 그렇게 말하고 시트에 등을 기대어 천천히 숨을 골랐다.

친구가 젊은 나이에 세상을 떠난 이후로 신의 존재를 완전히 부정하고 살았지만, 지금은 아주 조금 믿을 만하다는 느낌이 든다. 신주쿠 주오 공원은 나에게 홈그라운드라 해도 좋은 곳이다. 고등학교 시절 동지들과 몇 번이나 술래잡기 시합을 하며 놀았던 곳이다. 후지미다이도 잘 안다. 흙으로 쌓아 올린 작은 동산으로, 맨 위에는 육각형 정자가 서 있다. 거기 벤치에서 지금은 먼 세상으로 떠난 친구와 많은 이야기를 나누었다. 대부분 쓰잘데없는 잡담에 지나지 않았지만 나에게는 무엇과도 바꿀 수 없는 시간이었다. 아무튼 낯선 장소에서 적과 대치하는 것보다는 훨씬 긴장이 덜할 것이다. 그걸 떠나서, 귓불 없는 남자의 눈썰미 하나는 확실했다. 그 장소라면 혹시 추적을 당하더라도 사면의 모든 방향으로 미끄러져 내려가서 도망칠 수 있다. 아래쪽에서 잠복한다 하더라도 360도 전부 물 샐 틈 없이 둘러싸는 것은 불가능한 위치다. 동산에서 내려오기만 하면 가까이 있는 수많은 출구 중 하나를 선택해서 공원에서 벗어나면 주변 어딘가로 스며들어 버릴 수 있다. 공원 주위에는 숨기에 적합한 장소가 수도 없이 많다. 뒤집어서 말하면 나와 기타자와가 급히 도망치는 일이 생긴다고 해도 아주 좋은 장소가 된다는 뜻이다.

알포드는 규정 속도를 지키며 달렸다. 이미 야마노테 로에 들어서서 도미가야 부근까지 왔다. 운전석 앞의 디지털 시계는 7시 16분을 가리키고 있다.

7시 24분. 알포드가 남쪽 길로 들어가서 신주쿠 파크타워 앞에서 멈추었다. 슬라이드 도어가 열리기 시작하자 구엔이 "굿럭"이라 외치고, 손은 미소를 보내 주었다.

알포드에서 내려 인도를 따라 타워 쪽으로 시선을 돌려 보니 지하로 이어지는 계단 곁에 월이 서 있다. 검정 전투용 스웨터에 검정 카고 팬츠 차림. 무기질의 콘크리트 정원에 야수가 뛰어든 것 같았다. 잰걸음으로 다가가 가까이 서자 월이 긴빌의 틈도 주지 않고 말했다.

"아직 나타나지 않았어."

고개를 끄덕였다.

"우리에게 맡겨 둬. 눈 깜짝할 사이에 끝나."

"이건 내 일이거든."

월이 불만스럽다는 듯 작게 어깨를 으쓱했다.

"네가 죽으면 내가 야단을 맞거든."

재수 없는 소리 하고 있어.

"죽으면 귀신이 되어 나타나 줄게."

내 말은 들은 월이 아주 무섭다는 표정을 지었을 때 핸드폰이 울렸다. 월은 급히 전화를 받았다. 10초 후 월은 전화를 끊고 말했다.

"지금 중년 남자와 젊은 남자가 정자로 올라갔어. 정자로 이어지는 계단 세 군데에 감시원이 하나씩. 후지미다이 주위에는 감시원은 없어. 적은 넷."

"알았어. 나는 화장실 계단 옆으로 오를게."

그렇게 말하고 발걸음을 돌리려 하는데, 잠깐, 하고 월이 불러 세웠다.

"맨손으로 갈 셈이야?"

"응."

월은 어이가 없다는 표정으로 고개를 젓더니 뒷주머니에서 신축식 특수경봉을 빼내 나에게 건네주었다. 나는 잠깐 망설이다가 그것을 받아 들었다. 늘 훈련 때 사용하는 놈인데, 그립이 20센티미터, 뽑아내면 50센티미터가 된다. 중량은 400그램일 터인데, 오늘은 그보다 무겁게 느껴진다. 뒷주머니에 찔러 넣고 튀어나온 부분은 운동복 자락으로 감추었다.

"어이, 보이스카우트."

월이 진지한 표정으로 말했다.

"집중력이야."

"노 프로블럼."

인도로 돌아와 횡단보도 신호가 녹색으로 바뀌길 기다렸다. 시선의 바로 앞에는 공원 서쪽 구역이 보인다. 녹색. 횡단보도를 건너 서쪽 구역으로 들어서서 산책로를 따라 후지미다이가 있는 북쪽 구역으로 나아갔다. 두터운 구름이 하늘을 덮어서 달이 보이지 않아 외등만으로는 밤의 어둠에 대응할 수 없었다. 게다가 당장이라도 비가 내릴 것 같은 공기이다. 기온도 낮았다. 그래서 서쪽 구역을 걸어가는 동안 스쳐 지나간 사람이라고는 시바견을 데리고 걷는 노인 하나뿐이었다.

북쪽 구역으로 이어지는 공원대교에 이르러 발걸음을 멈추었다. 건너면 곧장 후지미다이로 이어진다. 크게 숨을 들이쉬고 발걸음을 옮겼다. 오른쪽에 도청이 보였다. 구름을 찢고 박쥐 날개라도 나타나기를 기다렸지만 그 전에 다리를 다 건너고 말았다. 왼편에 슬로프, 오른쪽에 계단과 두 갈래로 나뉘어진 길 가운데 오른쪽을 택했다. 다 내려가니 거기서 바로 정자로 이어지는 계단이 있고, 입구에는 척 보기에도 덩치 좋은 남자 하나가 서서 '출입금지' 팻말 역할을 하는 중이다. 그 계단을 통해 정자에 이르기 위해서는 반대편 계단과 이어지는 충계참을 경유해야만 한다. 여기서 하나를 쓰러뜨려도 다른 한쪽에게 발견될 가능성이 높아 그 두 계단을 사용할 생각은 없었다. 덩치의 강렬한 시선을 느끼면서 계단을 내려가서 오른쪽으로 벗어나 동산의 밑변을 따라 선을 긋듯이 나아갔다. 여기서는 위를 올려다보아도 정자의 지붕밖에 보이지 않는다. 정보에 오류가 없다면 지금 지붕 아래에는 기타자와와 귓불 없는 남자가 있다. 흥분을 가라앉히려고 조용히 숨을 토해 냈다. 내가 노리던 계단이 가까워져서 뒷주머니에서 특수경봉을 빼 들었다. 끝을 집어 샤프트를 살며시 당겨 내자 50센티미터짜리 강철봉으로 변신했다. 앞으로 5미터 정도 떨어진 곳에 예각을 이루는 헤어핀 커브가 있고, 커브 끝이 계단의 입구이다. 입구에서 사각지대를 이루는 커브 바로 앞에 멈춰 섰다. 그 자리에 쭈그리고 앉아 특수경봉을 일부러 돌에 부딪쳐 작은 소리를 냈다. 깡깡. 나와라. 깡깡. 나왔다. 나는 바람처럼 일어남과 동시에 재빨리 앞으로 나아가 커브 건너편에서 나타난 젊은 남자의 명치에 특수경봉의 끝을 힘껏 찔러 넣었다. 젊은 남자는 낮고 둔탁한 신음을 뱉어 내면서 반사적으로 윗몸을 앞으로 굽혔다. 나는 재빨리 젊은 남자의 뒤로 돌아들어 낮은 위치에 있는 남자의 목에 특수경봉을 걸었다. 그리고 샤프트를 왼쪽 경동맥에 세차게 갖다 대면서 젊은 남자를 뒤로 젖혀 올려 내 몸에 밀착한 다음, 왼손으로 특수경봉의 끝을 꼭 잡고 잔뜩 힘을 넣었다. 젊은 남자는 두 손을 특수경봉과 경동맥 사이에 밀어 넣으려고 발버둥 쳤지만 아무 소용이 없었다. 10초도 되지 않아 기절해 버린 젊은 남자를 천천히 바닥에 눕혔다. 구속은 월이 해 줄 것이다. 기세가 꺾이지 않게 숨 쉴 틈도 없이 헤어핀 커브를 돌아들었다.

완만하게 경사진 계단을 단숨에 뛰어올랐다. 대지에는 '육각당'이란 이름 그대로 육각형 지붕의 정자가 30센티미터 정도 높이의 콘크리트 기초 위에 서 있고, 외등이 핀 스포트라이트로 정자 전체를 비추고 있었다. 지붕 아래에는 정육각형 테이블이 설치되어 있다. 한 변에 의자가 하나씩 놓인 여섯 개의 벤치 가운데 하나에는 사진에서 보았던 얼굴이 앉아 있었다. 지금은 멀리 떠나 버린 친구가 지정석처럼 늘 앉았던 벤치 자리다. 그리고 그 벤치 바로 곁에 노 넥타이 슈트 차림의 남자가 있었다. 남자는 담배를 빨아들이며 기둥에 몸을 기대고 서 있다. 보라색 연기가 외등 불빛을 받으며 천천히 흔들린다.

기타자와가 제일 먼저 눈치챘다. 나를 응시한다. 남자는 기타자와의 변화를 알아차리고 기타자와의 시선이 향하는 방향으로 눈길을 돌렸다. 남자와 눈이 마주쳤다. 나는 남자의 오른쪽 귓불로 시선을 옮겼다. 없다. 퍼즐의 마지막 조각이 맞아떨어진 것 같아 나도 모르게 미소를 띠고 말았다. 귓불 없는 남자는 나에게 강렬한 시선을 쏟으며 담배를 손가락으로 멀리 튕겨 내고 기둥에서 몸을 떼 낸 다음, 배후에 있는 계단을 향해 "어이" 하고 불렀다. 반응이 없다. 어이. 역시 반응이 없다. 혹시 월이 대답을 할지도 모른다고 생각했지만, 물론 그런 일은 없었다. 귓불 없는 남자는 조금도 당황하지 않고 나를 응시했다. 아주 흉포한 뭔가가 시선에 배어 있었다. 내가 정자에 천천히 다가가자 귓불 없는 남자도 한 걸음 앞으로 나왔다. 나는 귓불 없는 남자로부터 3미터 정도 떨어진 곳에 멈춰 서서 특수경봉을 클럽 끝에 달린 수납 버튼을 눌러 짧게 갈무리하고 뒷주머니에 넣었다.

"뭐야, 너는."

귓불 없는 남자가 물었다.

그 질문에는 침묵으로 대답하고 주사위를 던졌다.

"가메이 프로덕션은 이 공갈 건을 알아?"

귓불 없는 남자의 입 끝이 조금 움직였다. 괜찮은 숫자가 나온 건지도 모른다.

"이놈을 풀어 주고 다시는 시비를 걸지 않겠다고 약속한다면 이 공갈 건은 폭로되지 않을 테고, 고바야시 슈지도 마음 놓고 텔레비전 탤런트로 살아갈 수 있어. 어때?"

가슴을 짓누르는 침묵이 흘렀다. 나는 기타자와에게로 시선을 옮겼다. 기타자와는 나를 뚫어져라 바라보고 있다. 귓불 없는 남자는 스윽 힘을 빼고 희미한 미소를 지었다.

"너, 정말 대담하구만. 학생인가?"

대답하지 않았다.

"내가 졌어."

실제로 패배를 인정하는 분위기는 아니었다. 어둠 속의 고양잇과 짐승처럼 눈을 번득였다. 불길한 예감이 밀려왔다. 이 순간 움직여야 했었는데 그러지 못했다. 완전히 흐름을 잘못 읽었던 것이다.

"그런데 혹시 아마추어와 야쿠자의 차이를 알아?"

귓불 없는 남자가 오른손을 재빨리 허리춤으로 옮겼다. 그리고 다음 순간, 귓불 없는 남자의 오른손에는 자동권총이 들려 있고, 총구는 기타자와를 향해 있었다. 심장이 드세게 내 갈비뼈를 치는 것과 동시에, 이제 애들의 영역이 아니야, 라던 람보 씨의 목소리가 들렸다. 이런저런 것 따지지 말고 즉각 귓불 없는 남자를 덮쳐 의식을 빼앗고 기타자와를 탈환했어야 했다. 둥둥둥둥 쳐 대는 고동 소리가 너무 시끄럽다.

귓불 없는 남자는 기타자와에게 접근하여 총구를 관자놀이에 갖다 댄 다음 안전핀을 풀었다. 찰칵, 작은 소리가 울리ㄱ 기타자와의 몸이 크게 떨렸다.

"자, 어떡할 거야?"

귓불 없는 남자가 즐거운 듯이 말했다.

어떡할 거야? 어떡할 거야? 어떡할 거야? 이런 상황에서 대처할 방법에 대해서는 배우지 않았다. 다만 귓불 없는 남자가 진짜로 쏘지는 않을 것이라 생각했다. 시다 흉내를 내는 건 아니지만, 이런 일로 사람을 죽인다는 거, 너무 타산이 맞지 않는다.

"내가 쏠 수 없을 거라고 생각하겠지. 그런 비경제적인 일을 하지 않을 거라고 말이지."

이 새끼 초능력자야, 뭐야.

"9시까지 우리가 무사하다는 게 확인되지 않으면 부모가 경찰에 연락하기로 되어 있어."

물론 그런 계획은 없다.

"그러니까 아까 내가 말했잖아. 내가 졌다고."

귓불 없는 남자의 오른손이 천천히 움직이더니 총구가 기타자와의 관자놀이를 짓눌렀다. 기타자와는 눈을 질끈 감았다. 정말로 쏠 생각일까. 동료가 올 때까지 시간을 벌려는 걸까. 또는 이 자리에서 도망치기 위해서 허세를 부리는 걸까. 아니, 정말로 쏠 생각일지도 모른다. 기타자와의 부모가 귓불 없는 남자에게 느낀 진실된 감정 같은 것을 나도 느끼고 있다.

"쏘면 바로 경찰이 올걸."

일단 총구를 기타자와의 관자놀이에서 떼 내야만 한다.

"의외로 그렇지 않아, 신고를 받아도 경찰은 일부러 천천히 와. 휘말려 들어 총알을 맞고 싶지 않으니까."

총구를 내 쪽으로 끌어들이려면 미끼가 될 각오로 움직일 수밖에 없다.

"멋대로 끼워 맞추지 마."

어떻게 움직이지?

"프로의 말은 그대로 믿는 게 좋아."

오른쪽인가, 왼쪽인가.

"마지막 순간이니 아까 그 대답을 가르쳐 주지."

아니면 정면인가.

"야쿠자는 지더라도 가오를 세우기 위해 사람을 죽여."

말이 끝남과 거의 동시에 왼쪽으로 움직였다. 총구의 행방을 고려할 여유는 없었다. 번개처럼, 동시에 불규칙적으로 움직이면서 틈을 보아 귓불 없는 남자를 덮칠 작정이었다. 갑자기 창, 하는 소리가 울리고, 반사적으로 멈추었다. 눈앞의 기둥에 가려 귓불 없는 남자의 모습이 보이지 않았다. 이어서 쿵, 뭔가가 지면에 닿는 소리와 함께 귓불 없는 남자의 고통스러운 신음이 들렸다. 나는 재빨리 기둥에서 벗어났다. 귓불 없는 남자는 얼굴을 찡그린 채 왼손으로 오른팔꿈치를 누르고 있었다. 발아래 권총이 떨어져 있다. 나는 순간적으로 특수경봉을 펼쳐 정자로 뛰어들었다. 그리고 권총을 정자 바깥으로 차 버리고 고통에 찬 신음을 뱉어 내는 귓불 없는 남자의 왼쪽 경동맥을 특수경봉으로 내리쳤다. 귓불 없는 남자는 바로 의식을 잃어 버리고 나무 둥치처럼 넘어가 버렸다. 그제야 비로소 나를 궁지에서 구해 준 주인공의 모습을 확인했다.

"뭐하는 거야, 너!"

나도 모르게 고함을 치고 말았다.

습격용 복장으로 몸을 감싸고 특수경봉을 든 리츠는 당당한 표정으로 씩씩한 미소를 띠었다.

"어느 모로 보나 감사의 말을 들어야 할 것 같은데."

너무 화가 나 나도 모르게 특수경봉으로 기둥을 내리칠 뻔

했지만 겨우 참았다. 해야만 할 일이 산처럼 쌓였다. 들고 있던 특수경봉을 리츠에게 던지고, 권총이 떨어진 장소로 서둘렀다. 관목숲 곁에서 권총을 주워 안전핀을 건 다음 허리춤에 찔러 넣고 정자로 돌아와 귓불 없는 남자의 코에 손바닥을 댔다. 숨을 쉰다. 기타자와 앞에 섰다. 기타자와는 멍한 눈길로 나를 올려다보았다.

"부모님과 유키의 부탁으로 널 구하러 왔어. 지금은 아무 생각하지 말고 도망치는 거야."

그리 재촉하자 기타자와는 벤치에서 일어났다. 내가 선두에 서서 아까 올라왔던 계단을 내려갔다. 아까 기절시켰던 남자의 모습은 어디에도 보이지 않았다. 온 길과 반대로 나아갔다. 기타자와는 당황해하면서도 얌전하게 따라왔다. 공원대교를 건너면서 월에게 전화를 했다. 끝났어, 라는 말에 이어 곧바로 리츠의 일로 세상의 모든 욕을 퍼부으려는 순간, 전화가 끊어졌다. 속으로 월에게 저주의 말들을 날리면서 유키에게도 전화를 했다. 무사히 끝났어, 라고 알리자 유키는 안도의 한숨을 터뜨렸다. 그쪽을 부탁해, 하고 전화를 끊었다. 유키의 부모를 설득하기로 되어 있다. 유키라면 기타자와 집안을 최선의 길로 이끌어 줄 것이다.

등 뒤를 조심하면서 서쪽 구역을 무사히 통과하여 횡단보도를 건넜다. 아까 내가 차에서 내렸던 장소에 서자 다시 10초도 안 되어 알포드가 눈앞에 멈춰 서고 슬라이드 도어가 열렸다. 먼저 기타자와를 3열에 앉히고 나와 리츠는 2열에 나란히 앉았다.

알포드가 5분 정도 달렸을 때 비로소 나의 어깨에서 힘이 빠져나가는 것을 확인하고 리츠가 물었다.

"왜 즉각 해치우지 않고 교섭 같은 걸 하려고 했어?"

나는 잠시 망설이다가 대답했다.

"그런 상황에서 내 힘을 잘 조절할 자신이 없었어. 그런 막대기라도 휘둘러 버리면 자칫 사람을 죽일 수도 있어."

리츠는 살짝 고개를 기울이고 짧게 생각한 다음 말했다.

"너한테는 경호원이 필요해. 나 같은."

내가 어이 없어 하며 고개를 젓자 손과 구엔이 즐겁게 웃었다. 시발. 이놈이나 저놈이나.

도야마 공원의 다카다노바바 입구 앞에 도착했다. 나와 기타자와만 내리고 리츠는 그대로 집으로 돌아가기로 했다. 또 봐, 하고 손을 흔드는 리츠에게 슬라이드 도어가 닫히는 타이밍을 가늠해서, 아까는 고마웠어, 하고 인사를 했다. 내가 앞서 걸어 잔디광장 곁의 일인용 벤치로 기타자와를 이끌었다. 아무도 스쳐 지나가지 않았고, 아무도 보이지 않았다. 외등이 가장 가까운 벤치에 기타자와를 앉히고 나는 그 앞에 섰다. 그제야 권총을 허리에 꽂은 채라는 것을 깨달았다. 손이나 구엔에게 넘겨주었어야 했는데 이미 늦었다. 무섭게 로또 운이 좋은 경찰이 검문하러 오지 않기를 기도하면서 기타자와를 바라보았다.

"춥지는 않아?"

그렇게 묻자 기타자와는 고개를 저었다. 시선은 똑바로 나를 향했다. 이제 경찰에 자수하라고 권유하는 것이 나에게 남겨진 일이었다. 그렇게 하는 것이 기타자와에게는 가장 안전하고, 다시 일어설 수 있는 유일한 방법일 것이다.

"자네를 알아."

기타자와가 낮고 갈라진 목소리로 말했다.

기타자와까지 내가 누군지를 알고 기억한다니, 믿을 수 없었다.

"나를 알게 된 경위는 유키에게서 들었어. 나는 미나가타라고 해. 아까도 말했듯이 유키의 부탁으로 너를 찾아다녔어. 유키와의 만남이라든지 자세한 것은 지금은 생략하도록 할게."

"너희들에 관한 소문이 사실이었구나."

맞아, 나는 대부호를 배경에 둔 자경단의 리더야, 라고 화난 김에 말해 버릴까 했지만 물론 그러지 않고 애매하게 고개를 끄덕였다.

"도와줘서 고마워."

"감금되어 있을 때 심한 일을 당하지는 않았어?"

"세 번 귀싸대기를 맞았어. 내가 끝도 없이 울어 댔으니까."

나는 한 호흡을 두고 말했다.

"네가 왜 이런 꼴을 당하게 되었는지, 나는 대략적인 사정은 알아. 시다하고도 이야기했고, 사쿠마 남매도 만났어. 너는 자신이 범한 죗값을 치러야 하고, 지금 그렇게 하는 편이 네 안전을 위해서 최선이라고 생각해. 부모님도 아마 너에게 자수를 권할 거야."

기타자와는 뭔가를 가늠하는 듯한 눈으로 나를 바라보았다. 도대체 무엇을 찾아내려는 것일까?

"문세는 고바야시 슈지를 협박한 일이야. 이 건도 포함해서 경찰에 이야기를 해야 할지 말아야 할지 너와 의논하고 싶었어."

기타자와의 얼굴이 한순간 처절하게 일그러졌다. 부끄러운 뭔가를 들켜 버렸을 때의 표정이었다. 유키가 본 것이 바로 이런 얼굴이었는지 모른다. 그리고 건드려서는 안 될 것을 건드려 버렸다는 확실한 감촉을 나는 느꼈다.

"자네는 어디까지 알고 있어?"

기타자와는 주저주저하는 어조로 물었다.

나의 직감은 이대로 이야기를 끊으라고 했다. 그렇지만 나는 말했다.

"네 입으로 직접 듣고 싶어. 고바야시 슈지와 무슨 일이 있었어?”

기타자와는 고개를 떨구고 나에게서 시선을 뗐다. 영원히 지속될 것 같은 침묵이 공기를 짓눌렀다. 개조 머플러를 단 오토바이가 가까운 도로를 달리면서 그 침묵을 무참히 깨뜨리자 기타자와도 천천히 고개를 들었다. 눈이 젖어 있었다.

“나는 자네처럼 사내다운 사람이 되고 싶었어.”

금방이라도 기어들어 갈 듯한 목소리였다. 바로 그 말의 의미를 묻고 싶었지만 참으며 침묵으로 그다음을 재촉했다.

“자네가 여고를 향해 힘껏 뛰어가는 모습을 보았을 때, 나도 언젠가는 자네 같은 진짜 사나이가 되겠노라고 결심했더랬어.”

5초 정도의 침묵.

“그러니까, 나는 진짜 남자가 아니니까.”

나는 격렬한 혼란을 겨우 억누르면서 말했다.

“고등학교 입시가 끝난 다음 무슨 일이라도 있었던 거야?”

기타자와가 가볍게 눈을 감자 눈물이 흘러내렸다. 기타자와는 눈물을 닦을 생각도 하지 않고 다시 나를 똑바로 쳐다보았다.

“농구부 선배가 아르바이트를 소개해 주겠다고 했어. 남중생 이야기를 듣고 싶어 하는 사람이 있으니 같이 이야기만 해 주면 1만 엔을 주겠다고. 난 그 선배를 그리 좋아하지는 않았지

만, 그 상대가 교육 관계자이고 나 말고도 여러 명이 참가한다
고 해서 아무런 의심 없이 지정된 호텔에 갔었어. 거기에 그 자
식이 있었고, 나 말고 다른 학생은 없었어."

그 자식, 이라는 말을 할 때 기타자와의 눈에서는 증오의 불
꽃이 타올랐다.

"너무 많이 와서 나머지 학생들은 다른 방에 대기하는 중이
고, 한 사람씩 순서대로 이야기를 듣는다고 해서 그냥 믿어 버
렸어. 유명한 호텔의 스위트룸이라 분위기에 그냥 압도당한 것
도 있었지만, 그놈도 상냥하고 그래서 그리 나쁜 사람으로 보
이지 않았어. 샴페인을 내주면서, 긴장이 풀어질 거야, 남자라
면 원샷을 해야지, 라고 해서."

기타자와는 거칠어진 호흡을 애써 가라앉히고 자꾸 끊어지
는 말을 더듬으며 이어 나가려 했다.

"알았어. 이제 됐어."

"아니, 말하고 싶어. 여태 아무한테도 말하지 못했지만 자네
한테만은 말하고 싶어."

어쩔 수 없이 나는 고개를 끄덕였다.

"샴페인을 단숨에 들이키고 난 의식을 잃고 말았고, 정신을
차려 보니 침대에 벌거벗은 채 누워 있었어. 눈앞에는 같이 벌
거벗은 그놈이 있었는데 그제야 무슨 일이 벌어졌는지를 이해
했어. 도망치고 싶었지만 몸이 움직이지 않았어."

10초 침묵.

"그놈의 손이 내 사타구니를 더듬었을 때 나는 포기해 버렸어. 그다음 일은 잘 기억나지 않아. 다만 무섭고 아프고 서글펐다는 기억은 있어. 다 끝난 다음 그놈은 3만 엔을 건네주었고, 이렇게 말했어. 인간의 세포는 갱신되는 거라서 금방 원래의 자기 자신으로 돌아가, 그러니까 마음에 두지 않는 게 좋아, 라고. 누군가에게 오늘 일을 이야기하는 건 창피한 일일 거야, 라고. 집에 돌아와서 호주머니에서 3만 엔을 꺼낸 다음 난 알아 버렸어. 난 진짜 남자가 아니라는 것을. 그놈 말은 거짓이었어. 몇 년이 지나도 원래의 나로 돌아오지 않았던 거야. 잊을 수도 없었어. 자신이 없어서 여자애들한테 말을 걸지도 못했어. 그런 때에 자네를 본 거야. 난 자네처럼 되고 싶었어. 진짜 사나이가 되고 싶었어. 다시는 내 몸을 만지게 만들고 싶지 않았어. 그놈을 때려눕히고 도망치지 못했던 내가 싫어서, 돈을 그냥 받아 들었던 내가 미워서, 그래서 다른 사람이 되고 싶었어. 그렇지만 어떻게 하면 진짜 남자로 다시 태어날 수 있는지를 몰랐어. 그 계기를 던져 준 사람이 바로 시다 씨였어. 시다 씨랑 있으면 마음이 고양되고 남자로서 자신감이 되살아나는 느낌이 들었어. 무슨 일이든 할 수 있을 것 같았어. 반드시 해야 한다는 기분이 들었어. 그래서 동아리 선배의 방에서 의식을 잃어버린 여자애를 처음 보았을 때, 이러면 안 되는데 하면서도 거기서 도망칠 수 없었어. 내가 남자라는 것을 증명하지 않으면 안 되었던 거야. 여자를 정복해서 진짜 남자로 다시 태어나고 싶었어."

기타자와는 말을 멈추고 내 얼굴에 떠오른 어떤 느낌을 확인한 다음 눈을 꼭 감고 고개를 떨구었다. 무지하게 화가 치밀었다. 고바야시에게도 시다에게도 그리고 기타자와에게도. 당장이라도 발길을 돌려 기타자와에 관련된 모든 것에서 멀어지고 싶었다. 그렇지만 짓밟혀 어쩔 줄 몰라 하는 눈앞의 남자를 내버려둘 수는 없었다. 다만 울화를 풀어 버리기 위해, 우리가 여고를 습격한 것은 남자다움을 증명하기 위한 것이 아니었다고 반론하고 싶은 충동에 휩싸였지만 겨우 참았다. 이제 와서 새삼 그런 말을 해서 어쩌겠는가. 변명을 해서 뭘 하겠는가. 그 대신에 이렇게 물었다.

"고바야시의 정체를 몰랐어?"

기타자와는 작게 고개를 끄덕였다.

"유키의 집에서 텔레비전을 보다가 코안의 조교수라는 사실을 알았어."

"그래서 대학에 쳐들어가 협박을 한 건가."

"돈이 필요해서이기도 했지만, 이제는 그때의 내가 아니라는 것을 놈에게 알려주고 싶었어. 그놈이 떠는 모습을 보고 싶었어. 그렇지만 속임수에 넘어가 야쿠자한테 붙들리고 만 거야."

“돈을 받으려고 갔다가 잡힌 거야?”

기타자와는 고개를 끄덕였다.

“4일 밤에 코안의 캠퍼스 마당에서 받을 약속이었는데, 야쿠자들이 나타나 칼을 들이대는 바람에 그냥 납치되고 말았어.”

기타자와는 그렇게 말하고 하늘을 올려다보았다. 나도 하늘을 올려다보았다. 빗방울이 내 볼을 때렸다. 나는 얼굴을 정면으로 돌리고 말했다.

“걸으면서 이야기할까.”

역으로 가려고 했지만 기타자와는 전철을 거부했다. 이유를 물었다. 많은 사람들 눈앞에 서기 싫다고, 지금의 자신을 내보이기 싫다고. 그리고 비를 맞고 싶다고 했다.

걸어서 나카메구로의 비즈니스 호텔로 향했다. 가랑비를 맞으며 묵묵히 걸었다. 가능한 한 큰길을 피하면서 조금 멀리 돌아 소토보리 로에 들어섰다. 그리고 우시코메코의 옆을 걸어갈 때, 허리춤에서 권총을 빼 재빨리 개천으로 던졌다. 찰싹, 물이 튀는 소리가 들렸지만, 마침 곁을 지나는 덤프트럭의 소음에 묻혀 금방 지워졌다.

“그놈이 권총을 꺼내 들었을 때 왜 도망치지 않았어?”

기타자와가 물었다.

“목숨을 걸면서까지 나를 구해 줄 인간적인 의리 같은 거, 자네한테는 없었을 텐데.”

분명 그렇다. 나는 왜 도망치지 않았을까.

"솔직히 말해 나도 잘 모르겠어. 그렇지만 너를 그냥 내팽개칠 수는 없었어."

"자네 동료들도 똑같이 그랬을 거야, 필시."

"유키도 널 내팽개치지 않았어."

그로부터 100미터 정도 아무 말 없이 걸었다.

"자수할게."

기타자와가 갑자기 그렇게 말했다.

"그래."

"그렇지만 고바야시에 대해서는 말하고 싶지 않아."

"자네가 상처 입힌 여자에 대해서만 말하면 돼."

기타자와는 고개를 끄덕였다.

"부모님께는 말하지 않아도 돼. 야쿠자가 자네에 관해 한 말은 모두 거짓이고, 납치된 건 자네가 상처를 준 여자가 복수를 하려고 야쿠자에게 부탁해서 그런 거라고 하자."

기타자와는 고개를 끄덕이고 울기 시작했다. 한참이나 걸었는데도 기타자와는 울음을 그치지 않았다. 또 무작정 화가 치밀었다. 던져 줄 말을 찾지 못하는 자신에게. 문득 시다의 말이 뇌리에 떠올랐다.

자네가 직접 스위치를 누른 건 아니지만 말이야.

시발, 시발, 시발.

나는 스윽 기타자와의 어깨를 감쌌다. 기타자와는 순간 몸을 바르르 떤 다음, 울음을 멈추더니 크게 소리 내어 격하게 울기 시작했다. 하늘이 동조라도 하듯이 빗줄기는 더 거세졌다. 나는 비를 멈추게 할 수 없는 나의 무력함을 저주하면서 기타자와가 울음을 멈추기를 무작정 기다렸다.

19

기타자와의 자수는 고구마 줄기처럼 큰 사건으로 발전해 나갔다. 강간이나 폭행으로 체포된 에이쇼대학생만 15명, 타 대학까지 포함해서 28명이나 되었다. 전원 ESSC 소속이었다. 대학은 사건이 드러나자마자 ESSC를 폐쇄하고 수습에 들어갔지만 여론이 용서할 리 없었다. 익명의 제보에 따라 시다도 매스컴의 공격을 받았고 '레이프 서클의 카리스마'라는 타이틀도 얻은 것 같았다.

시다는 경찰에서 참고인 조사를 받았지만 당연하게도 아무런 처벌도 받지 않았다. 설령 그놈이 현행범이었다 할지라도 감옥 울타리 안으로 굴러 들어갈 바보짓은 하지 않았을 것이다.

기타자와의 자수로부터 한 달이 지나고, 크리스마스 시즌이 되어서도 소동은 잠잠해지지 않았다.

책이 바닥에 떨어지는 소리에 잠에서 깼다.
《대지의 저주받은 사람들》을 집어 드는데 미인 사서가 순찰을 돌다가 내 앞에 나타났다. 내가 억지로 웃음 지으며 인사를 하자 미인 사서는 소리 없이 코웃음을 치고 멀어져 갔다. 여전히 바닥이 햄 같은 스니커즈를 신었다.《대지의 저주받은 사람들》표지에 붙은 먼지를 털어 내고, 출입금지를 풀어 준 것에 감사드리며 소파에서 일어났다.

도서관을 나와 자동판매기에서 따뜻한 캔 커피를 빼서 중정에서 내가 가장 좋아하는 벤치에 앉았다. 은행나무가 한창 일제히 잎을 떨어뜨리는 중이라 저녁노을을 배경으로 황금색 비가 내리는 것 같았다. 갑자기 그 빗속을 뚫고 아는 얼굴이 나타나 내 옆에 앉았다. 나는 신경 쓰지 않고 황금색 비를 계속 바라보았다.

"현재로서는 고소하는 여자는 없는 듯해" 하고 시다가 말했다.

"심지어 검찰이 기소할지도 의심스러운 상황이야."

"네가 뒤에서 손을 쓴 건 아니겠지."

시다는 겔겔겔 습도 높은 웃음을 터뜨렸다. 기죽은 모양새는 아니었다.

“설마. 무죄 석방은 아니겠지만 기타자와는 예상외로 빨리 이쪽으로 돌아올지 몰라.”

“돌아온들 또 다른 감옥이 기다릴 텐데.”

“나도 매스컴 덕분에 아주 다방면으로 욕을 얻어 먹었지.”

“그저 욕을 먹은 것뿐이었어?”

“난 여러 사람의 불알을 쥐고 있으니까 말이야. 뭐, 해가 바뀔 즈음에는 세상도 들떠서 금방 잊어버릴걸. 늘 그런 거야. 잊어버리면 또 내가 다른 스캔들을 내세워서 매스컴을 떠들썩하게 하면 되지만.”

“넌 처음부터 이렇게 될 줄 알았겠지. 왜 나를 방해하지 않았어?”

시다는 오른발을 와이퍼처럼 움직여 발아래 이파리를 두세 번 쓸어 낸 다음 말했다.

“욕망이 모이는 곳에는 반드시 이익이 생겨나. 그래서 나는 지금을 즐기라고, 지금을 살라고 닦달을 하면서 욕망을 철저하게 긍정하게 해. 성대하게 선동을 해도 어딘가에서 제동이 걸리리라 생각하고 말이야. 우리는 인간이지, 짐승이 아니야. 그런데.”

입술 끝에 비웃음인지 자조인지 모를 웃음을 머금었다.

“난 인간의 욕망을 얕잡아 봤어. 동아리 내부는 눈 깜짝할 사이에 무법지대로 변하고 말았어. 미디어는 남자만을 두들겨 패지만 여자도 엄청났지. 자신보다 예쁘게 생긴 여자애한테 약이 든 술을 먹여서 남자에게 제공하기도 하고, 임신했다는 신호를 보내 여러 남자에게서 돈을 뜯어내는 년이 버글버글해. 고소하는 여자가 안 나오는 건 자신이 가해자인지 피해자인지 알쏭달쏭하니까 그런 거야. 짐승 50퍼센트, 먹잇감 30퍼센트, 방관자 20퍼센트. 자정작용 없는 ESSC의 파탄은 시간 문제였어. 여기에 이르러 나는 욕망의 끝을 보고 싶어졌어. 어떤 종말을 맞이할 것인지가 즐거움으로 남은 거지. 그런 때에 네가 나타난 거야. 난 자네가 왜 여기에 나타났는지 한눈에 알았지.”

첫 대면 때 시다가 나를 무대의 대미를 장식할 역할이라고 한 이유를 알 수 있었다. 그것은 예지능력 같은 게 아니라 입으로 내뱉은 바람이 우연히 맞아떨어진 것일 뿐이다. 아마도.

“쌓고 또 쌓았다는 말, 무슨 뜻이었어?”

마지막 남은 수수께끼의 답을 요구했다.

시다는 얼굴을 나에게 가까이 들이대더니 내 눈을 뚫어져라 들여다보면서 말했다.

“나는 눈을 보면 그놈이 어떤 식으로 살아왔는지를 알 수 있어. 누군가가 말하는 대로 살아온 별 볼 일 없는 놈의 눈 속에는 아무것도 보이지 않아. 네 눈 속에는 가치 있는 것이 쌓이고 또 쌓여 있는 것이 보였어. 기타자와의 눈 속에는 네가 가진 것과 정반대의 것이 보였고. 그것이 무엇인지 알고 싶어서 곁에 두었지만 결국 그 정체를 파악하지 못하고 말았지.”

시다의 시선이 뭔가를 재촉했지만 나는, 그런다고 내가 말할 줄 알아, 라고 마음속으로 되뇌이며 눈에 힘을 살짝 넣었다. 시다는 가볍게 혀를 차더니 얼굴을 원래의 위치로 되돌렸다.

“그런데 자신이 자정작용의 주체가 되어 고쳐 보겠다는 생각은 해 본 적 없어?” 하고 물었다.

“너라면 간단히 할 수 있었을 텐데.”

시다는 너덜너덜한 중고차를 보는 듯한 눈길로 나를 바라보았다.

“그런 걸 해서 무슨 득이 있어?”

“괜히 말해서 손해만 봤네.”

시다가 겔겔겔 웃은 다음, 잠깐의 평온한 침묵이 흘렀다. 황금색 비가 내리는 소리가 들리는 듯했다.

“난 나약하고 추한 것이 싫다” 하고 시다는 말했다.

“강하고 아름다운 것들에 둘러싸여 살고 싶어. 그걸 위해서는 무슨 짓이든 할 거야.”

여태 들어 보지 못한 구김살 없는 목소리였다. 가까이 남녀 그룹이 지나갔다. 눈썰미 좋은 남자 하나가 시다를 발견하고 동료들을 향해 낮은 목소리로 뭐라고 속삭였다. 그룹의 의구심 어린 눈길이 일제히 시다에게로 향했다. 시다가 그 눈길에 반응하여 부드럽게 손을 흔들자 흐릿하던 그들의 얼굴이 한순간

활짝 피어났다.

"여기에는 오리들이 버글버글해."

시다는 그 그룹을 보내면서 그렇게 말했다.

"졸업할 때까지 한 번 더 돈을 긁는 데 써먹어 주지."

"우리가 길 한가운데를 걸을 수 있는 건 길을 양보해 주는 사람이 있기 때문이야."

말을 해 봐야 손해만 볼 테지만 이 말을 해 두고 싶었다.

"길을 양보하는 건 약하고 추해서가 아니라 마음이 상냥해서 그래. 그것을 잊지 마."

시다는 다시 내 눈을 가만히 들여다보며 말했다.

"그런 걸 그 깡통 고등학교에서 배웠어?"

나는 벤치에서 일어섰다. 미개봉 캔 커피를 내밀자 시다는 얌전히 받아 들었다. 걸어가는 내 등을 향해 시다가 말을 던졌다.

"또 한 번 즐거운 일을 해 보자고, 학생회장님."

애차를 타고 기타자와 집으로 갔다. 도착했을 때는 이미 밤이었다. 이제는 집 앞에서 미디어의 카메라도 모습을 감추었고 거리도 평온을 되찾아 갔다. 물론 집 안은 그것과는 거리가 멀지라도.

집 앞을 그냥 지나쳐 주위를 천천히 달렸다. 유키의 정보에 따르면 귓불 없는 남자로부터 부모에게 접촉을 요구하는 연락은 없었다고 한다. 아마 앞으로도 없을 것이다. 쓸데없이 풀숲을 휘저으면 온갖 독사들이 튀어나오리란 것을 알 테고, 자신의 지문이 묻은 권총의 행방도 마음에 걸릴 것이다. 이런 상황에서는 아무리 귓불 없는 남자라도 가오보다는 실리를 택할 것이다. 그걸 알면서도 걱정을 떨치지 못하고 정기적으로 감시를 하러 오고 있다. 나카메구로의 비즈니스 호텔에서 울며 아들을 끌어안는 어머니의 모습이 뇌리를 떠나지 않는다.

기타자와의 부모와는 그날 밤 이후로 만나지 않았다. 앞으로도 만날 생각은 없다. 한 바퀴를 돌고 커튼이 드리워진 집을 향해 가볍게 고개를 숙이고 기타자와 집을 떠났다.

일단 집으로 돌아와 저녁밥을 짓기 시작했다. 양파를 써는 도중에 왼손 검지 끝을 베어서 피를 닦고 반창고를 붙였다. 다른 생각을 하다 보니 집중력이 흐트러진 것이다. 저녁밥을 포기하고 커피를 마신 다음, 랩톱을 열어 메일을 체크했다. 제로. 마일스 데이비스의 앨범 두 장과 찰스 밍거스의 음반을 듣는 사이에 밤 10시 반이 되었다. 기타자와 탈취 때의 복장으로 갈아입고 검정 캡모자를 쓴 다음 집을 나섰다.

생각보다 밤바람이 차가워 두터운 옷을 입지 않은 것을 후회하며 천천히 애차를 달렸다. 황거와 시바 공원을 거쳐 아리스가와 기념 공원에 도착했다. 손목시계를 보았다. 11시 48분. 공원 곁에 있는 구영 운동시설 관리사무실로 가서 건물 뒤편에 애차를 세웠다. 11시 50분. 야구장 앞 도로를 건너 대사관이나 고급 아파트가 빼곡한 구역으로 들어섰다. 거주자 이외에는 거의 다니지 않는 좁은 길 깊은 곳으로 나아갔다. 자동차나 사람과 한 번도 마주치지 않았다. 2주일에 걸친 동 시간 정찰이라, 날짜가 바뀔 시간이 되면 이 일대가 깊고 깊은 잠 속에 빠지리란 것을 안다. 순찰 경찰관을 만난 적도 없었다. 도둑도 겁이 나서 이 일대에는 얼씬거릴 생각도 하지 않을 것이다.

목적지인 아파트에 도착했다. 이 주소는 한 달 전에 야노에게서 들었다. 부지에 발을 들이밀고 엔트런스 천장을 지탱하는 커다란 사각형 기둥 그늘에 잠겨 인도에서 완전히 숨어 버렸다. 11시 58분. 엔트런스 주위에는 무슨 영문인지 방범 카메라가 설치되어 있지 않다. 어쩌면 월세 100만 엔 넘는 아파트에 사는 사람은 범죄 피해를 당하지 않는다는 자연법칙이 존재하는지도 모른다. 내가 지키는 집 주인은 매주 수요일 12시 5분경에 택시를 타고 귀가한다. 이런 곳에 살 수 있는 것도 정부의 각종 간담회나 검토회의 멤버이거나 복수의 기업에 자문 같은 걸 하기 때문일 것이다. 텔레비전에서 이름이 팔리면 개똥에게라도 재빨리 돈과 명예가 굴러 들어가는 것이다. 내가 지금부터 하려는 것이 자기만족밖에 안 된다는 것을 잘 알고, 실행할지 말지 요 한 달가량 망설였다. 그렇지만 할 수밖에 없었다. 하지 않으면 앞으로 나아갈 기분이 나지 않기 때문이다.

12시 10분이 지났다. 이상하다. 요 3주일 동안 귀가 시간이 12시 5분을 크게 벗어나는 일이 없었다. 매주 수요일 정기적으로 출연하는 뉴스 프로그램의 수록을 11시 30분경에 끝내고 방송국에서 제공하는 택시를 타고 곧장 돌아오곤 했는데.

12시 30분. 아직 오지 않았다.

1시. 설마 잠복을 알아챈 것일까?

1시 15분. 필시 어떤 사정이 있어 오늘 밤은 돌아오지 않는 것일까?

그래도 포기할 수 없어 1시 30분까지 버텼다. 오늘 밤을 넘기면 다시는 실행할 마음이 일어나지 않으리란 것을 안다. 그렇지만 물러날 때다. 나 자신의 경박함을 조소당하는 기분을 맛보면서 기둥 그늘에서 나오는 순간, 자동차 엔진음이 희미하게 들려왔다. 서둘러 원래 자리로 돌아와 기둥 그늘에서 조심스럽게 지켜보았다.

택시가 아파트 앞에 멈추었다. 30초 정도 지나자 뒷문 왼쪽이 열리고 금발 머리가 밖으로 나왔다. 그대로 엔트런스로 향하는가 했더니 고바야시는 택시의 뒤쪽 반을 돌아서 오른쪽 문을 열었다. 내 위치에서는 고바야시가 곰지락곰지락 움직이는 것밖에 보이지 않았다. 고바야시가 오른쪽 문을 닫자 왼쪽 문이 자동으로 닫혔다. 택시가 사라지고 축 늘어진 남자의 어깨를 받치고 있는 고바야시의 모습이 나타났다. 고바야시가 천천히 한 걸음 내디디자 축 늘어진 남자가 겨우 다리를 움직였다. 완전히 의식을 잃은 것은 아닌 듯했다. 남의 눈에는 술 취한 사람을 부축하는 헌신적인 남자로 보일 테지만, 내 눈에는 달리 보였다. 가까이 다가올수록 축 늘어진 남자가 젊은이라는 것을 알 수 있었다. 그렇다. 아주 젊다. 두 사람이 기둥 곁에 왔을 때 나는 기둥 그늘에서 나와 두 사람 앞에 버티고 섰다. 나를 포착한 고바야시는 놀라 가늘게 몸을 떨면서 발걸음을 멈추었다. 젊은 남자는 힘없이 고개를 떨군 채로 전혀 나를 의식하지 못했다.

"누구신지?"

고바야시가 의구심 어린 눈으로 나를 바라보며 말했다.

나는 모자챙을 올리고 고바야시를 노려보았다. 고바야시는 눈을 가늘게 뜨고 나를 응시하며 말했다.

"전에 강의실에서 봤던 얼굴이네. 우리 학생인가?"

대단한 기억력이다.

"그 애한테는 얼마를 줄 거야? 3만?" 하고 내가 물었다.

"요즘은 벌이가 좋으니까 10만 엔 정도 줄 건가?"

고바야시의 눈에 참으로 알기 쉬운 당혹감이 떠올랐지만 금방 적대감으로 바뀌었다.

"친구를 돌보는 것뿐이야."

"그럼 그 애 가족에게 연락을 해서 정말로 친구인지 아닌지 확인해 보면 되겠네.”

고바야시가 조금 졸아든다.

“그 애, 애당초 술을 마실 나이가 아닐 거야.”

고바야시가 더 졸아든다.

“아니, 마신 게 술만은 아닐 것 같은데. 당장 그 애를 병원에 데리고 가서 검사를 받아 봐야겠어.”

고바야시는 원망 어린 눈길로 나를 바라보았다.

“말짱한 얼굴로 텔레비전에 나오고 싶으면 당장 그 애를 내려놓고 꺼져.”

고바야시는 여전히 축 늘어져 있는 젊은이를 바닥에 눕혔다. 그리고 나를 피하기 위해 작은 반원을 그리며 나아가 아파트 입구로 향했다. 나는 고바야시가 곁을 지나가자마자 몸을 돌려 고바야시의 등을 향해 말했다.

“어이.”

고바야시가 어깨를 움찔하며 발길을 멈추었다.

“늘 감시할 거야.”

거짓말이다. 그게 가능할 리 없다. 그렇지만 이것이 기타자와를 위해 내가 할 수 있는 유일한 일이었다. 사실은 두들겨 패 줄 생각이었지만, 기타자와가 당한 아픔에 필적할 만한 고통을 내가 고바야시에게 줄 수는 없었다.

고바야시는 다시 발걸음을 떼어 곧 아파트 안으로 사라졌다. 잔열이 다 가라앉으면 놈은 다시 같은 짓을 시작할 것이다. 그리고 언젠가 파멸의 시간이 올 때까지 멈추지 않을 것이다. 또는 강력한 힘에 감싸여 파멸하지 않고 무사히 넘어갈 것이다. 지금부터 내가 할 수 있는 일이라고 한다면, 세계가 제대로 기능하기를 기도하는 것과, 눈앞의 이 젊은이를 무사히 집으로 보내는 것뿐이었다.

땅바닥에 누워 있는 젊은이에게 다가가 무릎을 꿇었다. 가까이서 보니 소년이라 불러 마땅할 얼굴이었다. 손등으로 소년의 볼을 가볍게 치자 눈이 어슴푸레 열렸다.

"괜찮아?"

소년은 금방이라도 꺼질 듯한 의식을 겨우 붙들어 나에게 물었다.

"누구세요?"

나는 소년의 후두부에 손을 넣고 그대로 들어 올렸다.

"나는 미나가타. 집으로 가자."

20 ✷

12월 24일.

　명확한 살의를 품은 여자가 오른손에 나이프를 들고 나와 근거리에서 마주 보고 섰다. 나는 손에 든 나이프의 위치를 얼굴 높이에서 조금 아래로 내리고 왼발로 중심을 조금 옮겼다. 다음 순간, 내가 오른쪽으로 움직이리라 예상한 여자는 재빨리 손을 뻗어 나이프 끝을 내 심장이 위치할 장소를 향해 찔렀다. 나는 여자가 움직임과 동시에 왼쪽으로 스텝을 옮겨 여자의 바깥으로 나갔다. 그리고 왼손을 즉각 뻗어 여자의 손목을 잡고 나이프의 손잡이를 여자의 엄지 중수골 언저리로 힘껏 내리쳤다. 여자의 손에서 나이프가 떨어졌다. 나는 손목을 잡힌 채 앞으로 뻗어 멈춘 여자의 팔 아래로 나이프를 집어넣고 어퍼컷을 하듯이 날 끝을 여자 턱 아래로 찔러 넣었다. 물론 나이프는 모

261

조품이고 날 끝은 턱에 닿기 직전에 멈추었다.

실전이라면 죽고 말았을 리츠가 억울하다는 듯 혀를 찼다. 나는 나이프를 물리고 손목을 풀어 준 다음 큰 은행나무 쪽으로 시선을 던졌다. 이미 완연한 겨울인데도 보풀보풀한 티셔츠 차림의 람보 씨와 윌이 즐거운 표정으로 이쪽을 바라본다. 올해의 마지막 훈련이다. 훈련일은 매주 목요일이라 사실은 어제여야 하는데, 휴일인 탓에 공원이 복잡할 것이라는 이유로 오늘로 변경되었다. 무엇보다 크리스마스 이브에 남녀가 서로 죽이기 전투를 벌인다는 것을 두 사람은 크게 즐기는 것 같았다. 날짜를 바꾼 두 사람의 의도를 눈치 채긴 했지만 기타자와 건으로 신세를 진 터라 구경거리가 되는 것도 기꺼이 감수할 생각이었다. 리츠가 나이프를 집어 들고 자세를 취했다. 살의가 풍겨 온다. 당하지 않게 태세를 갖추었다.

두 시간의 결투를 끝내고 나니 하늘은 완전히 커피색으로 물들었다. 평소라면 잡담을 하고 돌아가지만 오늘만은 서둘러 돌아갈 준비를 하는 나를 보고 리츠가 말했다.

"괜히 폼 잡아 봐야 허탕일 뿐이야."

람보와 윌이 연민이 깃든 눈길로 나를 바라본다. 제기랄. 이놈이나 저놈이나.

리츠가 중간까지 같이 가 주겠다고 해서 준비가 끝날 때까지 기다렸다.

"올해도 많이 신세를 졌습니다. 감사합니다."

내가 그렇게 말하자 람보 씨는 흥얼거리던 〈고요한 밤〉의 멜로디를 중단하고 내 머리를 콩, 상냥하게 두들겼다.

"내년에도 잘 부탁해."

"넵."

나는 윌에게 오른쪽 주먹을 내밀었다. 윌도 오른쪽 주먹을 내밀어 툭, 내 주먹과 부딪쳤다. 준비를 끝내고 스웨터 차림으로 되돌아온 리츠는 두 사람와 허그를 했다.

리츠와 다카다노바바 역까지 걸었다. 반 정도 왔을 때 리츠가 말했다.

"내 이름은 가타오카 리츠."

"그러고 보니 성은 처음 듣네."

"이름 같은 거 아무래도 좋잖아."

"그건 그렇지."

도야마 출구에 이르러, 그럼, 하고 인사를 건넨 뒤 애차의 핸들을 돌리려 하는데 리츠가 가방 안에서 작은 꾸러미를 꺼내 나에게 내밀었다. 꾸러미는 초록 종이와 빨강 리본으로 포장돼 있었다.

"너무 작은 거지만, 신세를 졌으니까. 감사의 뜻이야."

선물을 준비하지 않은 나는 겸연쩍은 기분으로 받아 들었다.

"고마워."

리츠는 미간을 좁히면서, 또 봐, 하고 역 안으로 재빨리 들어 갔다. 리츠의 모습이 보이지 않을 때까지 기다리다가 망설인 끝에 포장지를 풀었다. 내용물을 확인하고 나도 모르게 웃었 다.《치이사코베》문고본이었다.

집에 돌아오자마자 바로 샤워를 하고 한숨 돌릴 틈도 없이 옷을 갈아입고 집을 나섰다. 약속한 밤 9시 정각에 노체에 도착 했다. 가게 안은 크리스마스 분위기로 치장을 했고 빨강, 녹색, 황금색이 넘실거렸다. 가메이 프로덕션의 미남은 보이지 않았 다. 언젠가 다시 만날 때에는 정중하게 오해를 풀어 주어야지. 물론, 다시는 만나지 않는 것이 베스트겠지만.

늘 가던 개인실로 들어서자 요시무라 교코가 먼저 테이블에 앉아 있었다. 내가 의자에 앉자마자 산타 원피스 차림의 구로 사키 씨가 들어와 주문을 받았다. 잘 어울립니다, 하고 내가 말 하자 구로사키 씨는 고마워, 하고 요염한 미소를 지었다. 구로 사키 씨가 나가고 요시무라를 바라보자, 그런 말은 굳이 하지 않아도 돼, 라는 느낌의 눈길을 내게 던졌다.

"무리해서 개인실을 확보할 수 있었으니까요."

"립서비스라는 건가?"

"딱히 그런 건 아니지만요."

요시무라 교코는 코로 웃었다. 이런 시기에는 사진 잡지의 카메라맨이 따라 다니니까 개인실이 있는 가게를 준비하라고 명령해서 무지 애를 썼는데.

주문한 메뉴가 다 나왔다. 나는 그레이프프루츠 주스, 요시무라 교코는 우롱차를 들고 건배했다. 잡담을 나누면서 식사에 가볍게 손을 댄 다음 나는 지난번 약속한 대로 기타자와 건에 대해 이야기했다. 아무것도 숨기지 않았다. 기타자와와 고바야시의 관계도 있는 그대로 이야기했다. 만에 하나 요시무라 교코가 사회부로 이동해서 고바야시의 죄를 추궁할지도 모른다는 희미한 기대가 내포되어 있었다. 처음부터 끝까지 험악한 표정을 지었던 요시무라 교코는 내가 이야기를 끝내자 깊은 한숨을 몰아쉬고 말했다.

"소문을 들은 적은 있었지만."

"방송국 사람들은 그걸 알면서도 고바야시를 써먹는 겁니까."

"거기 기획사가 무서우니까."

내가 시선을 돌리자 요시무라 교코는 작은 목소리로 미안, 하고 말했다.

"요시무라 씨가 사과할 일이 아닌데요."

또 다른 내가 귀에다 속삭였다.

세상이란 이런 거야.

정말로, 정말로 그래?

내가 시선을 돌린 채 있자니 요시무라 교코는, 저기, 나 좀 봐, 라고 말했다. 나는 시선을 되돌렸다.

"자기 탓이 아니야."

"그렇지만."

말을 이으려 했지만 아무 말도 나오지 않았다.

"입사한 지 얼마 안 되어서 있었던 일인데."

요시무라 교코는 그렇게 운을 떼고 이야기를 시작했다.

"동기 여자애가 데스크 전화를 바라보면서 안절부절하기에 왜 그러느냐고 이유를 물었더니, 골든타임 사회를 담당하는 아나운서 대부분이 입사하자마자 편성국 국장과 식사를 했다고 하는데, 자기도 그리되고 싶어서 연락을 기다린다는 거야. 덧붙여서 우리 회사는 말이야, 신입사원의 얼굴 사진이 든 명부를 국장급한테 맨 먼저 돌린다고 해. 국장 작자들이 명부 가운데서 마음에 드는 여사원을 가린 다음 부하에게 시켜 그 애와 식사 자리를 세팅하는 것이 봄 시즌의 연례 행사라나. 신입사원 입장에서는 국장의 요청을 거절할 수 없고, 나도 예외는 아니었어. 내 전화가 울렸고, 편성국장의 부하에게서 회식 일시와 장소를 일방적으로 통보받았는데, 이건 완전히 권력 남용과 성폭력이니 울화가 치밀었지만, 동기생들 앞에서 우월감을 느끼는 묘한 심리도 내게 조금은 있었지. 여러 가지 갈등을 품은 채 식사 정도라면 괜찮겠지, 라는 생각으로 식사 자리에 나갔었어. 아자부의 개인실 프렌치 레스토랑에 늦게 나타난 국장은 멋지게 단장을 했는데, 엄청 말도 안 되게 커다란 버클이 달린 벨트를 두른 거야. 버클에는 유명 브랜드의 로고 마크가 붙어 있어서 나도 모르게, 프로레슬링 챔피언 벨트 같네요, 라고 말해 버리고 싶었을 정도였어. 난 말이야, 그 애랑 같은 미용실을 이용해, 라며 유명한 탤런트 이름을 입에 올리기도 하고, 새로 산 벤츠를 자랑하기도 하고, 아무튼 얄팍 천박한 이야기를 끝도 없이 들어야 했고, 당장 여기서 불이 나든가 국장이 심장마비로 쓰러지기를 간절히 빌기도 했어. 고문 같은 두 시간이 지나고 이윽고 자리를 뜨나 했더니 이런 말을 하는 거야. 자신은 타워 아파트의 맨 꼭대기 층에 사무실을 두었는데 거기서 바라보는 야경이 대단하다고, 거기서 한 잔 더 하자고. 그건 유혹도 제안도 아닌 윗사람의 명령이었어. 난 이렇게 대답했어. 놀고 있네.”

나는 속으로 웃으면서 최고, 라고 말했다. 요시무라 교코는 나를 똑바로 쳐다보며 말을 이었다.

“국장에게 명령을 받았을 때 내가 무슨 생각을 했는지 알아? 너희들. 너희들이 거절하라고 세차게 내 등을 떠밀어 주었어. 너희들을 만나지 않았더라면 난 지금쯤 국장이 하는 대로 놀아나면서 억지웃음을 짓고 별 볼 일 없는 프로그램의 사회를 맡으면서 스폰서 비위나 맞추었을지도 몰라. 알아? 너희들이 직접 스위치를 누르지는 않았지만 나라는 인간을 구원해 준 거야. 그러니까 기죽지 말고 언제까지고 발버둥 치고 몸부림치면서 싸워. 간접적으로 스위치를 끊임없이 누르고 조금씩이라도 세상을 바꾸어 가 줘. 만일 너희가 하는 일을 부정하는 사람이 있다 해도, 내가 너희들을 지지할 테니까."

나는 요시무라 교코를 바라보며 말했다.

"무지무지 마음이 든든합니다."

요시무라 교코는 만족스럽게 미소 지으며 말했다.

"나도 힘낼게. 반드시 개똥 같은 현실을 바꿀 거야."

오랜만에 본 옛 얼굴이었다. 나는 있는 힘을 다해 미소를 지어 보였다.

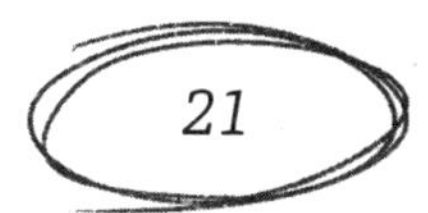

12월 25일.

처음 고소하는 사람이 나타났다.

분명 사쿠마 유키일 것이다.

또 뒤를 잇는 사람이 나타날 것이다. 반드시.

피해자들의 정의가 실현되고 언젠가는 모두가 평안한 잠을 잘 수 있도록.

메리 크리스마스.

22 *!!*

1월 24일.

시속 10킬로미터가 오를 때마다 체감 온도는 1도씩 낮아지는 듯하다. 지금의 기온은 3도. 즉 지금의 나는 빙점 아래의 세계에 있다. 간단히 말해서 춥다. 무지무지 춥다. 귀가 찢겨 나가는 것 같다.

겨우 귀가 붙은 채로 교직원 전용 주차장에 도착해서 애차를 멈췄다. 힘을 내기 위해 적당한 영어로 〈라이크 어 롤링 스톤〉을 흥얼거리면서 중정으로 들어섰다. 기말시험 전이기도 해서 오가는 학생 수는 평소보다 훨씬 많았다. 식당도 마찬가지로 점심시간에는 오히려 빈 자리가 있었지만, 이윽고 노트를 주고받는 학생들로 자리가 점점 차기 시작했다. 빈자리를 찾지 않고 평소의 그 자리로 가 보니 먼저 온 손님이 있었다. 나는 다운재킷을 벗으면서 선객의 건너편 자리에 앉았다.

"오랜만이야" 하고 유키가 말했다.

"오랜만이야."

나는 마비되어 버린 두 손을 비비면서 대답했다.

"무슨 일 있어?"

유키는 테이블에 놓여 있던 두 개의 캔 가운데 하나를 나에게 내밀었다.

"아직 지불하지 않은 보수 때문에."

캔 커피를 받아 들었다. 따뜻하다. 핫패 대용으로 두 손으로 감쌌다.

"기타자와 집은 어때?"

"여전하지, 뭐. 평소하고는 한참이나 거리가 멀지만."

"그렇구나."

"그렇지만 유토의 형기는 생각보다 길지 않을 것 같아."

"그건 다행이야."

"어제 유토에게 온 편지, 부모님이 보여 주었어. 구치소의 하루하루는 힘들지만 점점 인간이 되어 간다는 느낌이 든다고 했어. 너에게 감사 인사를 전해 달라고 쓰여 있더라."

"그랬어."

"너한테 부탁하길 정말 잘한 것 같아. 다시 고맙다고 말하고 싶어. 고마워."

유키에게는 고바야시 건을 이야기하지 않았지만, 어쩌면 유키는 뭔가를 알면서도 모르는 척하기로 마음을 정한 것인지도 모른다. 차라리 다 까발려서 고바야시가 이 세상을 당당하게 활보하는 동안은 순순히 감사 인사를 받아들일 기분이 아니라고 말하고 싶었지만, 기타자와가 자신의 입으로 유키에게 밝히기 전까지는 내가 말할 수 없다.

"이거 얻어먹으려고 애 많이 썼어."

나는 캔 커피를 따고 입을 갖다 댔다.

유키는 부드러운 눈길로 나를 바라보고 있었다. 하나에서 열까지 꿰뚫어 보고 있다는 느낌이 들었지만 유키라면 상관없다.

"이번 일을 계기로, 가까운 친구들과 여러 가지 진지한 대화를 해 보았는데" 하고 유키가 말했다.

"다들 타인이 가늠할 수 없는 고뇌를 끌어안고 있다는 것을 알았어. 개중에는 꽤 심각한 고민도 있었고. 그래서 나는 사람 돕는 일을 하기로 했어."

유키가 리츠와 같은 일을 벌이지 않을까 순간 걱정이 되었지만, 유키라면 그런 엉터리 짓은 하지 않을 것이라고 금방 생각을 고쳐먹었다.

"좋은 생각이네. 너라면 분명 많은 사람을 도울 수 있을 거야" 하고 나는 진심으로 말했다.

"앞으로 뭔가 어려운 일이 있으면 반드시 말을 해 줘. 있는 힘을 다해 도울게” 하고 유키는 말했다.

“무엇보다 시험 공부할 생각이 조금도 들지 않는데, 어떻게 하면 할 의욕이 생길지 가르쳐 줘.”

유키는 뭔가를 내포한 듯한 미소를 머금으며 의자에서 일어나며 말했다.

“심부름이건 뭐건 다 할게. 아무튼 힘든 일 있으면 반드시 말해 줘.”

유키는, 그럼 또 봐, 하더니 테이블에서 떠났다. 수수께끼 풀이를 거절당한 느낌이 들었지만, 도대체 무슨 의중인지 알 수가 없었다. 이대로 생각해 본들 미궁에 빠질 게 분명해서 일찍 포기하고 점심이나 먹자 하며 자리에서 일어나는데, 유키가 사라진 그 길을 선으로 그리듯 이쪽으로 다가오는 젊은 친구가 보였다. 비쩍 말랐고 옷도 헐렁하게 입었다. 눈을 깔 듯하면서 다가와 아까 유키가 섰던 그 자리에 멈춰 섰다. 그리고 주저주저하면서 눈을 들어 올리고 나를 바라보았다. 10초쯤 후에 마침내 입을 열었다.

“네가 미나가타야?”

“그런데?”

“여기 오면 너를 만날 수 있다고 해서.”

“무사히 만났네.”

“힘든 일이 있으면 네가 도와줄 거라고 해서.”

비쩍 마른 젊은 남자는 그렇게 말하고는 오른손으로 왼쪽 팔꿈치를 몇 번이나 신경질적으로 쓸었다.

"그거 누구한테 들었어?"

"학교 안에 소문이 퍼졌어."

수수께끼 풀이의 정답이 나왔다. 유키 자식.

"내 힘으로는 도저히 해결할 수가 없는 일이야."

비쩍 마른 젊은 남자의 눈에 절실함이 묻어났다.

"좀 도와줄 수 없을까."

"오케이, 이야기를 들어 보자고."

불타는 눈길에 압도되어 반사적으로 말해 버리고는 후회했지만, 곧장 그런 감정을 지워 버렸다. 본능을 거역하지 마, 기어 올라, 발버둥 쳐, 싸워.

비쩍 마른 젊은 남자의 얼굴에 안도의 빛이 퍼져 나갔다. 눈이 살짝 젖어 있다. 이제 괜찮아. 절대로 내버려두지 않을 거야.

나는 자리에 앉아 말했다.

"무슨 일이야?"

　미나가타의 이런 오지랖은 어디서 오는 것일까. 어떻게 그게 가능한가. 그는 왜 이런 오지랖을 부리는 걸까. 미나가타의 오지랖은 우리가 흔히 봐 왔던 전통적인 공동체 사회에서 일상적으로 일어나는, 지금도 흔히 찾아볼 수 있는 남에 대한 오지랖과는 대극에 선 무엇이다. 그는 그 오지랖을 통해 자신의 가치나 미의식을 상대에게 강요하지 않는다. 오로지 상대의 문제 해결을 위해 사고하고 계획하면서 자신의 거의 모든 것을 바쳐 행위한다. 어떤 경제적 반대급부를 요구하지도 않고 설령 상대가 자발적으로 제공하려는 것도 거부한다. 이 행위는 그냥 이루어진다. 자잘한 의미에서 거기에는 오지랖을 부리는 목적이 없다. 그런 의미에서 순수 오지랖이라 할 것이다.

　지난날 깡통 고등학교 시절에 일류 고등학교의 학교 축제를 침범하고, 일류 대학의 부정한 교수를 공격하여 하나의 전설을 만들어 낸 인물이라는 소문(상당한 근거를 가진)을 듣고 찾아와 도움을 요청하는 같은 학교 대학생과 그 친구를 위해 기꺼이 열정을 쏟아붓는다. 아무런 이익도 없는 남의 일에. 그 과정에서 권총을 든 야쿠자와 정면 대결까지 펼치는 그의 행동 양식은 상식적으로는 이해하기 힘든 범위이다. 그러나 한편으로 우리는 이런 미나가타와 거기에 동조하는 여고생의 행위를 자연스럽게 받아들인다. 미나가타의 이해가 되지 않는 행위는, 그러나 어쩐지 우리로 하여금 자연스러움을 느끼게 하는 뭔가가 있다. 이 소설은 그 뭔가에 대해 이야기하려는 것이 아닐까.

전편에서 활약하던 재일교포 무술 고수를 중심으로 한 4인 그룹은 각자 자신의 삶을 가지면서 자연스럽게 해체된다. 이번 작품에서 주인공으로 발탁된 미나가타는 작품 속에서 그 자신이 소개하듯 미나가타 쿠마구스(南方熊楠 1867~1941)의 미나가타이다. 쿠마구스는 〈네이처〉지에 점균 연구와 동양문화 관련 50편 넘는 논문을 실은 대학자이다. 그런 그에게는 대학 졸업장이 없다. 홀로 도서관을 오가고 자연을 관찰하면서 연구하였다. 관심을 가진 분야를 홀로 연구했다는 것과(시스템에 쉽사리 동화하지 못하는 성격) 그 연구 대상이 점균이었다는 것이 주목할 만하다. 고독한 천재 늑대가 균사, 점균 같은 것을 연구한 셈이다. 주인공 미나가타는 이런 두 가지 성격을 함의한다.

균사는 식물 주제에 엽록소가 없어 광합성을 할 수 없다. 그래서 뭔가에 달라붙어 영양분을 흡수하여 살아간다. 이게 인간이랑 흡사하다. 그 세포들은 아무런 질서도 없이 거의 카오스적으로 마구 뒤엉켜 서로에게 의지하면서 생명 조직으로 존재한다. 이것은 나무의 뿌리 가운데서도 잔뿌리들이 살아가는 모습과 닮았다. 그렇지만 그 무질서한 잔뿌리들의 카오스적인 결합을 바탕 삼아 그 위로 거대한 나무가 우뚝 선다. 나무는 가지를 아주 질서 정연하게 뻗어 그 이파리에서 광합성을 하여 전체를 유지한다. 위와 땅 아래의 모습이 확연히 다르다. 같은 대학의 시다가 나무에 빗댈 수 있는 인물이라면, 미나가타는 분명 그 아래쪽에 있는 잔뿌리들의 양태를 은유하는 인물이다.

주변부에서 살아가는 동남아계 노가다들과 람보 씨, 잘 짜인 대학 사회나 회사, 일상의 도시 공간에서 권력이나 조직의 힘, 또는 어둠의 경제 활동에 희생당한 이가 자신에게 의지해 올 때, 그는 기꺼이 해결사로 나선다. 마치 그것이 자신의 존재 이유라도 되는 듯이. 왜 그리 되었을까, 미나가타는. 물론 그는 혼자가 아니다. 야쿠자와 대결하기 위해 람보 씨를 통해 동남아계 노동자 및 사라진 학생을 찾는 과정에서 만난 여고생의 도움을 받는다. 그들은 사라진 학생을 찾는 과제를 함께 수행하는 급작스럽고 한정된 관계이다. 오직 사건을 위한 관계들. 그것이 그들의 현재적 삶이다. 물론 문제가 해결되면 흩어진다. 전편에서 함께 대학 사회를 휘저었던 여고생과는 지금 아무런 소통도 없다. 미나가타는 앞으로도 이렇게 살아갈 것이다. 아주 자연스럽게.

작가의 다른 작품에서도 잘 단련된 육체와 무술 고수가 등장한다. 미나가타의 몸 또한 잘 단련되어 있다. 원시의 인간처럼. 거친 자연의 힘 앞에서 먹거리를 구하고 다른 동물의 공격에서 몸을 보전하기 위해 나약한 인간은 너와 나의 구별 없이 하나의 생명체처럼 움직였을 것이다. 단련된 몸은 바로 그 원시의 몸을 의미한다. 칼을 들고 목의 경동맥을 노리는 훈련은 단련 그 자체가 생명 보전의 몸짓임을 뜻한다. 그렇게 몸을 단련할 때, 우리는 혼자서 버텨 낼 수 없는 거친 자연 앞에서 서로에게 생명 유지를 의지하는 필연의 감각을 각성하지 않을까. 아주 자연스럽게. 미나가타는 그런 내밀한 세포의 리듬을 각성한 인물일 것이다.

미인 아나운서 요시무라는 반드시 개똥 같은 이 세상을 바꾸고 말겠노라 선언한다. 그가 방송국의 썩은 관례에 저항하는 것은 그 자체로 지난한 결단이긴 하지만 세상을 바꿀 정도로 거창한 일이라고 볼 수는 없다. 그러나 사소해 보이는 그런 행위 외에 달리 길은 없다. 미나가타가 요시무라의 힘을 빌리고, 요시무라가 과거 미나가타의 도움으로 곤궁에서 벗어났던 일, 이것이 전부가 아닌가. 서로에게 오지랖을 부리면서 평등할 것, 지배하려 하지 말 것, 지배하려 하는 조직과 그 끄나풀들에게 대가리를 치켜들고 한판 붙어 보려는 자에게 무작정 오지랖으로 다가갈 것. 이 작품에서 아마도 작가는 전통적 의미의 혁명이 새로운 억압의 조직을 생산할 따름이라는 역사적 통찰을 바탕에 깔고, 무질서하게 흩어져 있는 듯한 개인들이 우연히, 또는 의도적으로 하나의 덩어리로 엉켜 자신의 사회적 생명을 불행으로 이끄는 힘들을 깨부수는 혁명의 오지랖에 대해 말하고 싶었을 것이다. 가만 생각해 보니 그것 말고는 달리 길이 안 보인다. 그리고 그 오지랖은 분명 우리의 몸에, 원시의 몸에 기억으로 새겨져 있어 연단을 통해 각성될 것이다. 몸에 기억되었다면, 그것은 우리에게 필연이다. 그래서 자연스럽다.

참고문헌

· 《대지의 저주받은 사람들》, 프란츠 파농 지음, 남경태 옮김, 그린비, 2010년